KB199865

류명성 통일빵집

류명성 통일빵집

초판 1쇄 펴냄 2013년 3월 15일
20쇄 펴냄 2023년 10월 4일

지은이 박경희

펴낸이 고영은 박미숙
펴낸곳 뜨인돌출판(주) | 출판등록 1994.10.11.(제406-251002011000185호)
주소 10881 경기도 파주시 회동길 337-9
홈페이지 www.ddstone.com | 블로그 blog.naver.com/ddstone1994
페이스북 www.facebook.com/ddstone1994 | 인스타그램 @ddstone_books
대표전화 02-337-5252 | 팩스 031-947-5868



ISBN 978-89-5807-420-5 03810

# 류명성 통일빵집

박경희 지음

뜨인돌

## 추천사

죽음 같은 탈북을 시도한 북한 청소년들, 목숨 걸고 남한을 찾아왔지만 또 한 번 큰 좌절을 겪습니다. 하지만 좌절이 끝이 아님을 박경희 작가는 따뜻한 마음으로 그려 냈습니다.

우리는 이 아이들과 함께 웃고, 함께 울 수는 없다 해도 아이들의 생활과 마음을 이해해야 하고 또 도울 방법을 생각해야 합니다. 그것이 우리의 의무가 아닐까요? _**김혜자**(배우)

그들은 안정적인 삶을 바라고 국경수비대의 감시를 피해 국경선을 넘는다. 하지만 그들이 목숨을 걸고 국경선을 넘어 남조선에 와도 안정된 삶은 없다. 저마다 이야기 하나씩을 가슴에 품고 있는 명성, 기철, 강희, 주희, 은휘, 연미…….

국경선을 넘는 일보다 더 아슬아슬한 등장인물들의 이야기와 거기에 어우러진 소재들의 상징성이 돋보인다. _**박상률**(청소년문학가)

북한은 먼 나라, 남의 일이라고 생각했다. 하지만 북한의 상황이 내가 넘기는 책장 안에 속속이 드러나니 생각이 달라졌다. 우리가 북한에 대해 배워야 할 것은 학교에서 알려 주는 이론이 아닌, 책에 나오는 사람 이야기인 것 같다. 이 책을 읽고 난 뒤에는 자기에게 주어진 하루하루가 값진 선물 같다는 생각이 들 것이다. _**박여주**(풍문여자고등학교 학생)

통일을 원하는 아이들보다 반대하는 아이들이 많고 반대하는 아이들보다 아예 관심 없는 아이들이 더 많아지는 오늘, 탈북 청소년들의 이야기를 담은 이 소설이 참 반갑다.

나와 다른 사회에서 살다가 사선(死線)을 넘어와 차별과 편견 속에서도 당당하게 살아가는 그들의 경험을 읽으며 우리의 청소년들이 그들에 대한 이해를 넘어 분단과 통일 문제까지도 생각이 확장되길 기대해 본다.

_**송경영**(서울 신림중학교 국어교사)

가깝고도 낯선 우리의 과거이고 현재이다. 고난 속에서도 바른 삶을 살려는 주인공들을 통해 탈북자라고 불리는 사람들의 모습을 볼 수 있다. 작품을 통해 우리들의 이야기를 다시 한 번 새기면서 우리가 그 누구보다 더 잘, 더 행복하게 살아야 하는 이유를 찾았다. _**김선경**(탈북학생, 한국외국어대학교)

통일! 우리는 불가능한 것으로, 또는 나와 상관없는 것으로 생각한다. 그러나 통일은 이미 시작되었다. 통일을 시작한 사람의 이야기를 따뜻하게 그려 낸 『류명성 통일빵집』. 작가는 3년 넘게 탈북 청소년 대안학교인 하늘꿈학교에서 남과 북이 함께 어울리는 현장을 지켜보며 참여했던 분이다.

이 책을 통해 남한의 청소년들이 통일에 대한 새로운 시각을 갖기를 원한다. 이들이 통일은 거창한 정치적 이념이 아닌 서로의 삶을 나누는 것이라는 시각으로 통일을 준비해야 할 세대이기 때문이다. _**임향자**(하늘꿈학교 교장)

# 차례

# 류명성 통일빵집

| 명성과 세라 |

점심시간이 지나자 손님들의 발길이 뜸하다. 제빵 기사님이 갑자기 그만두어 오전 내내 바빴다. 혼자 빵을 만드는 게 힘들긴 했지만 마음은 홀가분하다. 밖에 나간 사장님은 아직 돌아오지 않고 있다. 나는 기지개를 켜며 창밖을 내다보았다. 물 오른 목련 봉오리가 탐스러웠다.

배에서 꼬르륵 소리가 요란했다. 무얼 먹을까? 밥을 시키기 위해 세라를 찾았다. 세라는 손거울을 들여다보며 화장을 고치고 있었다. 나는 학생인 세라가 화장을 하는 게 영 낯설다. 아무리 가출을 했다 해도 학생 신분이 아닌가.

"오빠, 캡틴 해 보니 어때? 제법 대빵 같은데!"

세라가 엄지손가락을 치켜들며 말했다. 캡틴이 뭔지는 모르지만 세라의 말이 싫지 않았다.

"점심 뭐 먹음?"

나는 물으면서도 은근히 걱정이 되었다. 세라는 식성이 별나기 때문이다. 세라는 다리를 꼬고 앉아 심드렁하게 음식점 메뉴판을 뒤적였다. 메뉴를 꼼꼼히 보는 걸로 봐서 금방 정할 것 같지가 않다.

"그냥 아무거나 시킬 거임."

나는 배가 고파 죽겠는데 까탈을 부리는 세라가 못마땅했다.

"짱 나게 왜 아무거나 시켜? 칼로리 계산해 봐야지."

세라가 톡 쏘아붙인다. 다이어트 병이 또 도지려나 보다.

'내 동생은 강냉이죽도 못 먹는데 넌 먹을 게 많아 탈이구나. 그런데 장 사장님은 왜 연락이 없는 걸까?'

옥련 생각이 나자 마음이 불안해졌다.

"색쌈 어떻슴?"

나는 옥련이 좋아했던 음식을 말하며 세라가 보던 메뉴판을 빼앗았다.

"색쌈이 뭔데?"

"참, 여기선 계란말이라고 하지? 계란말이 싫음?"

"싫어! 계란말이도 100칼로리가 넘어."

세라가 내 손에 들린 메뉴판을 다시 뺏어갔다.

"그놈의 칼로리 타령!"

세라가 처음 빵집에 온 날 나는 깜짝 놀랐다. 북에 두고 온 옥련을 빼닮았기 때문이다. 하얀 피부에 옅은 쌍꺼풀은 물론 보조개까지 완전 복사판이었다. 그래서인지 난 세라가 까들랑거려도 예뻤다. 무엇보다 세라는 옥련과 달리 통통하고 키가 커서 좋았다. 세라는 통통하다는 말을 끔찍이 싫어하지만.

자기 식구들 끼니도 어렵다고 옥련을 탐탁지 않아 했던 삼촌의 얼굴과 함께 꽃제비 생활을 했던 고단한 기억이 떠올랐다.

"정신 차리라우. 종점이라 말이다."

돼지풀죽마저도 먹을 수 없게 되자 나는 옥련을 데리고 무산행 열차를 탔었다. 아버지가 탄광에서 일하다 돌아가시기 전에 가 본 곳이었다.

"오빠, 배고파……."

아무리 장마당을 돌아다녀도 먹을 걸 주는 사람은 없었다. 끈기 없는 강냉이국수라도 먹을 수 있었다면 동냥질은 하지 않았을 것이다. 옥련은 병든 닭처럼 아무 데서나 푹 고꾸라지곤 했다. 몸도 약한 데다 허기진 배를 물로만 채웠기 때문이다. 우리는 음식 찌꺼기라도 먹어야 살 수 있었다.

나는 무작정 옥련의 손을 잡고 장마당 뒷골목으로 들어갔다. 뒷골목에 찬바람이 일었다. 쓰레기통을 뒤져도 음식 찌꺼기 하나 눈에 띄지 않았다. 한참 후, 허름한 단고기(개고기) 집에서 아주머니가 나왔다. 찌그러진 그릇에 담긴 무언가를 버리고 들어갔다. 나는 주위를 살피다 날쌔게 쓰레기통을 뒤졌다. 강냉이 밥알과 뼈다귀가 나왔다. 시큼한 냄새가 나는 것 같지만 일없었다. 그마저도 며칠 만에 맛보는 것이었다.

'그때는 쓰레기를 뒤져서라도 배를 채웠는데. 지금은 어떨까?'

내가 옥련이 생각을 하는 동안에도 세라는 메뉴를 정하지 못했다.

저녁 빵도 구워야 하고 배도 고픈데 늑장을 부리는 세라가 못마땅했다.

"내 맘대로 시키잖어!"

나는 익숙한 음식점 번호를 눌렀다.

"여기 목련빵집임다. 김치볶음밥하고 치즈김밥 하나 갖다 주시라요."

나는 세라 몫으로 치즈김밥을 시킨 뒤, 도끼눈을 뜨는 세라를 피해 창밖을 내다보았다.

"왜 오빠 맘대로야? 치즈 한 장 반에 김밥 한 줄 합치면 580칼로리야."

세라의 머릿속엔 계산기가 들어 있는 것 같다. 부스러기 초콜릿케이크를 주면 100칼로리, 자장면을 보고도 537칼로리, 콘샐러드는 134칼로리, 밀크셰이크 한 컵은 340칼로리……. 음식마다 칼로리 숫자가 따라붙었다.

세라는 먹는 것만 까탈스러운 게 아니라 성격도 좀 별스럽다. 손님에게 한없이 친절하다가도 갑자기 신경질을 부리는가 하면 제 풀에 죽어 한마디도 않고 퇴근을 할 때도 있다. 얼굴은 옥련과 닮았지만 성격은 영 딴판이라 장단 맞추기가 힘들었다.

주문한 음식이 금방 배달되었다. 두툼한 김밥이 먹음직스러웠다. 참기름도 듬뿍 발라 윤기가 자르르 흘렀다. 고소한 김치볶음밥 냄새가 식욕을 북돋웠다. 세라와 나는 말없이 밥을 먹었다. 김밥 대신 김치볶음밥을 먹겠다던 세라는 깨적거리다 젓가락을 놓았다.

"커피 한 잔 70칼로리, 초콜릿케이크 부스러기 100칼로리, 거기다 김치볶음밥 480칼로리. 오늘 기준치 오버다. 오빠 내 것도 다 먹어!"

북에서는 특식인 볶음밥을 거부하다니. 세라가 밀어 놓은 김치볶음밥을 먹으려는데 손전화기가 드르르 울렸다.

"내래 장이야. 긴급 상황이라우. 여기 두만강 마지막 초소인데 국경수비대에 걸렸어야. 감옥 가는 대신 벌금 세 장 더 내라는데 당장 돈 넣을 수 있갔어? 동생 바꽈 줄 테니끼니 날래 통화하라우."

장 사장님의 전화였다.

옥련을 만났구나! 가슴이 두근거렸다.

"명성 오빠 맞슴둥? 오빠, 나 죽을 것 같슴……. 날래 손써 달라우!"

이 년 만에 듣는 목소리였다. 옥련은 공포에 떠느라 제대로 말을 잇지 못했다. 다시 장 사장님의 목소리가 들렸다.

"두만강 국경선이 바로 코앞이니끼니 돈만 주면 문제없을 것 같구만. 그러니끼니 날래 힘쓰라우. 기다리갔어."

"장 사장님! 장 사장님! 우리 옥련은 무사함까?"

난 옥련과 다시 통화하고 싶어 외쳤다. 하지만 전화는 툭 끊겼다. 조선족인 장 사장님은 북한을 오가며 생필품을 파는 장사꾼이다. 하지만 장사보다는 브로커 일을 더 많이 했다. 장 사장님은 자기 신분을 절대 노출하지 않았다. 북송되는 탈북자들이 밀고할 수 있기 때문이라고 했다.

'당장 삼백만 원이라는 큰돈을 어디서 구해야 하나?'

돌덩이가 들어앉은 것처럼 마음이 무거웠다.

"무슨 전화야?"

"어? 아무것도 아님."

"표정 보면 아무것도 아닌 게 아닌 것 같은데? 나쁜 일이야?"

세라가 걱정스레 물었다.

"북한에 동생이 있어야. 데려오려 손을 썼는데, 문제가 생긴 것 같슴……."

어린 세라에게 길게 설명할 수가 없어 간략히 말했다.

"북한에 사는 사람을 데려올 수도 있어?"

"중간에 브로커가 있슴. 위험하긴 하지만 브로커에게 돈을 주면 가능함."

세라는 호기심 어린 얼굴로 나를 쳐다보았다. 외출하셨던 사장님이 때마침 들어오지 않았더라면 세라에게 잡혀 꼼짝 없이 다 말할 뻔했다. 세라와 나는 사장님이 들어오자 자리에서 일어나 각자 일할 준비를 했다.

'초소……. 국경수비대……. 삼백만 원……. 감옥……. 죽음…….'

밀가루 반죽을 하면서도 일이 손에 잡히지 않았다.

머릿속에서는 장 사장님의 말이 끊임없이 맴돌았다. 옥련의 비명마저 들리는 것 같았다.

'어디서 돈을 구해야 하나?'

나도 모르게 한숨이 나왔다.

제빵기에 숙성된 반죽을 넣고 딴생각을 하느라 일을 저지르고 말았다. 탄내가 나서 오븐을 열었더니, 빵이 모두 시커멓게 타 버렸다. 밖에 있는 사장님을 살폈다. 아니나 다를까 냄새를 맡고 들어온 사장님이 언성을 높였다.

"죄송함다, 주의하겠습다."

"정신을 어디다 팔고 있는 거야? 제빵 기사가 왜 널 자꾸 구박하나 했는데 이런 이유가 있었구나. 정식 제빵사 쓰는 돈이 아까워 그냥 널 쓰려 했더니 안 되겠네."

사장님은 새로운 사실을 발견한 듯 표정이 심각했다. 며칠 전에 그만둔 기사님은 말끝마다 탈북자를 들먹이며 나를 못마땅해했다.

이 빵집에서 일하게 된 날, 나는 두만강을 건넌 순간만큼이나 기뻤다. 무엇보다 빵집 화단의 목련 나무가 마음에 들었다. 목련을 보는 순간 옥련의 얼굴이 떠올랐다. 나는 목련 나무를 보는 것만으로도 족했다. 하지만 기사님이 날 콩 볶듯 볶아 댈 때마다 마음이 흔들렸다.

월급을 올려 주지 않는다는 이유로 기사님이 일을 그만두자, 사장님은 내게 당분간 제빵실을 맡으라고 했다. 그런데 이런 실수를 하다니. 잘릴까 싶어 겁이 났다.

"류 군, 제빵 자격증 믿을 만한 거야? 기사가 자격증도 브로커한테 샀을 거라고 투덜대던데?"

사장님이 미심쩍은 듯 물었다. 얼마나 힘들게 딴 자격증인데…….

이 년 전 국경선을 넘어 몽골의 울란바토르 공항에서 비행기를 타기 전까지 한인빵집에서 일을 했다. 국경선은 넘었어도 불안정한 생활은 여전했다. 남북한의 교류가 원활하지 않고 탈북자가 많아 남한에서도 골치를 앓고 있는 중이라고 했다. 남한행 비행기를 못 타는 건 아닌지 막막하고 불안한 나날이었다.

낯선 곳에서 내게 위로를 준 건 빵 굽는 냄새였다. 매일 빵집을 서성이다 빵집에서 일을 배우게 되었고, 북한에서부터 탈출을 도와주던 장 사장님이 몽골에 있는 선교사를 연결해 주어 극적으로 남한행 비행기를 타게 되었다.

대한민국에 들어와 하나원*에서 퇴소하자마자 제빵 자격증 학원에 등록했다. 공부가 쉽지는 않았다. 모든 말이 영어라 더욱 힘들었다. 스푼, 버터, 이스트, 파라소닉 기계, 오븐, 레시피라는 말들은 너무나 생소했다. 하지만 밤잠 줄이며 공부하고 하루에 실습조를 두 타임이나 뛰었다. 그렇게 어렵게 딴 자격증을 믿어 주지 않다니.

"사장님, 각별히 조심하겠습니다."

사장님은 한바탕 잔소리를 한 후 제빵실을 나갔다. 등에서 식은땀이

**하나원** | 북한이탈주민정착지원사무소로 생활관 · 교육관 · 종교실 · 체력단련실 · 도서실 등의 편의 시설을 갖추고 있다. 탈북 주민들이 한국 사회에 적응할 수 있도록 3개월간 사회 적응 교육을 시킨다.

흘렀다.

나는 빵 만들기에 집중했다. 옥련을 데려오려면 일자리를 잃어서는 안 된다. 반죽하는 손에 힘을 가했다.

'나는 옥련이 깜짝 놀랄 만큼 최고의 제빵사가 될 것이다.'

나는 스스로 최면을 걸었다. 북에서 자아비판*을 할 때처럼 이를 앙다물었다. 반복해서 이 말을 곱씹다 보니 어렴풋하게나마 희망이 생기는 것 같았다.

다행히 저녁 손님이 많았다. 단골손님도 늘었지만 요즘 들어서 젊은 사람들이 간간이 빵을 사러 왔다. 예쁘고 상냥한 세라 때문인지, 아니면 세라 말처럼 빵맛이 더 좋아졌기 때문인지는 모르지만 기분은 좋았다. 빵이 거의 다 떨어져 가는 것을 본 사장님의 얼굴에도 미소가 흘렀다. 나는 이때다 싶어 사장님께 다가갔다.

"저, 사장님……."

"됐어. 백번 사과하는 것보다 앞으로가 더 중요하니까 조심해! 나 먼저 갈 테니 뒷정리 잘하고 들어가."

사장님은 말할 틈도 없이 가 버렸다. 가불 얘기는 꺼내 보지도 못하고 퇴근 준비를 했다. 검정고시 학원에 가야 하지만 왠지 오늘은 쉬고 싶었다.

"오빠, 공부 지겹지도 않아? 직업도 있는데 뭐하러 공부를 해?"

**자아비판** | 북에서는 매주 한 번씩 모여 자신이 잘못한 일을 내놓고 스스로 비판하는 시간을 갖는다.

세라가 물었다.

"먹고 살 걱정 없이 맘 편히 공부만 해 보는 게 내 소원 아님! 공부만 해도 되는 너는 왜 학교에 안 가고 이 좁은 바닥에서 매일 종종거려?"

"됐거든! 난 공부 안 해도 한 방에 대박 날릴 거니까. 내 걱정은 붙들어 매슈."

세라가 혀를 날름거리며 말했다.

대박이라, 부잣집 아이 같은 세라는 고생을 안 해서 그런지 뭐든 쉽게 말한다. 세라가 입는 옷은 예사롭지가 않다. 가방도 꽤 비싸 보였다. 명품이라 부르는 물건들 같았다.

나는 갑자기 세라에게 돈을 빌려 볼까 싶었다. 세라 정도면 삼백만 원은 아니어도 백만 원 정도는 갖고 있을 것 같았다.

"세라야, 저……. 부탁이 있는데……."

나는 돈 얘기를 꺼내려다 입을 다물었다. 퍼뜩 세라에 대해 아는 게 없다는 생각이 들었다. 돈 때문에 동생 같은 세라와 어색한 사이가 될 수는 없었다.

"부탁? 뭔데?"

"음. 그게……."

나는 돈 이야기는 차마 못하고 동생 이야기를 털어놓았다.

옥련과 무산의 장마당을 뒤지고 다닌 지 일주일쯤 된 날이었다. 아침부터 맛있는 냄새가 코를 자극했다. 냄새를 따라 무작정 뛰어갔다.

허름한 방앗간에서 떡을 찌고 있었다. 엄마가 해 주던 퐁퐁떡* 냄새였다. 나는 동생의 손을 잡고 코를 벌름거리며 냄새를 맡았다. 나도 모르게 입안에 군침이 돌았다.

"퐁퐁떡 먹고 싶다……."

옥련은 떡에 홀린 듯 혼잣말을 했다. 나도 먹고 싶었다. 옥련의 손을 놓고 잽싸게 안으로 들어갔다. 방앗간은 김이 잔뜩 서려서 눈앞이 잘 보이지 않았다. 방앗간 주인은 시루에서 떡을 떼어 내느라 정신이 없었다. 김이 모락모락 오르는 퐁퐁떡이 한눈에 들어왔다. 나도 모르게 떡시루에 손이 갔다. 갓 쪄낸 떡이라 뜨거웠다. 나는 떡을 한 움큼 쥐고 밖으로 나와 옥련이 손을 잡고 무작정 뛰었다.

"저 쥐새끼 같은 아새끼들! 잡으라우!"

금방이라도 방앗간 주인의 억센 손이 등덜미를 잡아챌 것만 같았다.

"옥련아, 뛰라우! 잡히면 수용소행이야!"

나는 자꾸만 뒤처지는 옥련을 재촉했다.

"인차 내래 죽을 것 같슴, 오빠."

옥련은 쌕쌕 숨을 몰아쉬며 따라왔다. 한참을 달리다 보니 잠잠해졌다. 아저씨가 포기하고 돌아간 것 같았다. 나는 손에 엉겨 붙은 떡을 떼어 동생에게 주었다.

옥련은 앙상한 손으로 허겁지겁 떡을 입에 넣더니, 손바닥에 들러붙

**퐁퐁떡** | 북한에서 밥 대신 먹는 옥수수떡. 옥수수 가루에 물을 묻혀 가마솥 가장자리에 붙였다가 어느 정도 익으면 떼어서 먹는 떡으로 맛이 고소하다.

은 찌꺼기까지 쪽쪽 빨아먹었다. 콧등이 찡했다.

휘영청 달이 밝은 하늘을 쳐다보았다. 퐁퐁떡이나마 배불리 먹이려 애쓰던 엄마가 우리 남매를 슬프게 내려다보고 있는 것 같았다.

그때를 생각하니 나도 모르게 눈물이 핑 돌았다.

"오빠한테 그런 사연이 있는 줄은 몰랐네. 엄청 슬프다."

"우리 옥련이랑 네가 많이 닮았어야. 한 살밖에 차이 안 나는데 우리 옥련이는 너보다 키가 엄청 작아."

"못 먹어서 키가 안 컸구나……. 여하튼 오빠 동생이 나처럼 예쁘단 말이지? 경쟁 상대가 한 명 더 생겼군!"

세라는 나를 걱정하더니 이내 명랑하게 말했다. 이렇게 천진스런 세라에게 돈 이야기를 하려고 했다니. 왠지 미안했다.

밤새 돈 걱정하느라 잠을 설쳤지만 뾰족한 수가 없었다. 사장님에게 가불을 부탁하기로 단단히 마음먹었다.

빵을 만들면서도 사장님의 기분만 살폈다. 주문한 빵을 일부러 진열대까지 가져다주면서 사장님 주위를 맴돌았다.

'옥련이 북송되면 고문을 받다 죽을지도 모르고, 풀려난다 해도 꽃제비 생활을 하다 변을 당할 텐데. 무슨 수를 써서라도 데려와야만 해.'

나는 더는 망설일 수가 없었다. 밀가루 반죽을 하다 말고 카운터에 앉아 있는 사장님 앞으로 걸어갔다.

"저, 사장님. 가불 좀 해 주실 수 있슴까? 절박함다!"

나는 떨리는 마음을 감추려고 일부러 큰 목소리로 말했다. 사장님이 놀란 표정으로 날 바라보았다.

"제빵실을 맡더니 머리 꼭대기까지 올라앉으려 하네. 탈북자들은 주면 줄수록 양양이라더니."

"그게 아니고……. 동생 땜에……. 돈이 급해서 그렇습다. 동생이 지금 위급한 상태임다."

"북한에 있는 동생을 어떻게 데려온다는 거야?"

"선금은 지급했는데 당장 삼백만 원이 더 필요함다. 국경수비대에게 뇌물을 주면 동생을 데려올 수 있습다. 제발 도와주십쇼. 몇 달치 월급을 미리 당겨 주시면 성심껏 일해서 갚겠습다."

진심을 다해 매달렸지만 사장님은 싸늘하기만 했다.

"류 군, 뭔가 착각하는가 본데. 기술 좋은 우리나라 사람 두고 자네를 제빵사로 쓴 건 나도 먹고살기 위해서야. 탈북자를 직원으로 채용하면 정부에서 지원금을 준다고 해서 그런 거라고. 내가 자선사업가인 줄 아나? 우리 애들 대학 등록금에 학원비까지. 나도 힘들어. 그런데 갑자기 삼백이라니. 가서 얼른 빵이나 구워."

사장님은 밖으로 나가 담배를 물었다. 나는 눈앞이 캄캄했다. 이러다 되레 일자리까지 잃을까 두려웠다.

옥련 생각에 빠져 있다 보니 금세 퇴근 시간이 다가왔다. 세라도 내가 심상치 않음을 느꼈는지 눈치만 보고 조잘거리지 않았다. 모르는 긴 번호가 뜨며 전화기가 울렸다. 장 사장님일 것이다.

"명성임? 어찌 돈은 준비돼 가고 있슴메? 날래 돈 보내야갔어야. 그렇지 않음 모두 어그러질 것임둥!"

"장 사장님, 내일까지 무슨 일이 있어도 해 보겠습다."

말은 했지만 대책이 없어 답답했다.

'어디로 가야 돈을 꿀 수 있을까? 선교사님께 말씀을 드려 볼까? 오늘 같은 날 마음을 터놓을 딱친구(단짝친구)가 있으면 좋을 텐데.'

정말 그랬다. 남한에 내려와 마음을 터놓을 사람이 한 사람도 없다는 게 너무도 쓸쓸했다.

"오빠, 괜찮아? 오늘따라 엄청 고독해 보인다."

세라는 내 속도 모르고 장난처럼 말했다.

나는 어그러진 빵 봉지를 두 개 챙겨 하나를 세라에게 건넸다. 세라가 손사래를 쳤다.

"그 빵 혼자 다 먹을 거야? 빵 한 개에 300칼로리나 되는데. 그 빵 다 먹으면 오빤 헤비급 씨름 선수가 될 거야."

내 손에 든 빵 봉지를 보며 세라가 또 놀렸다. 나는 마음은 무겁지만 세라에게는 티를 내고 싶지 않았다.

"너 안 먹을 거면 가족들이라도 갖다 주라우. 부모님도 드리고. 혹시 동생은 없슴?"

"나, 그런 것 안 키우거든요!"

세라의 말이 무슨 뜻인지 몰라 멍하니 쳐다보았다.

"가족이 없다는 말임?"

“너무 많은 걸 알려고 하지 마세용. 다쳐.”

세라는 밝게 웃으며 어리광을 부렸다.

“오늘 저녁 같이 먹을 수 있슴?”

나는 이대로 아무도 없는 방에 들어가고 싶지 않아 세라를 잡았다. 좀 더 솔직히 말하자면 세라에게라도 손을 내밀고 싶었다. 어쩌면 세라가 수호천사가 될지도 모른다는 막연한 기대감 때문이랄까?

“좋아. 오빠, 심심한가 본데. 기꺼이 접수하겠슴다.”

세라가 내 말투를 흉내 냈다. 세라가 옥련과 다른 점은 웃는 거였다. 옥련은 잘 웃지 않았다. 아니, 웃을 일이 없었다. 그래서인지 세라가 하얀 이를 드러내 놓고 웃을 때마다 내 마음도 환해졌다.

‘저렇게 천진스럽게 웃는 아이는 분명 부잣집 딸일 거야. 근데 왜 학교는 안 다니는 걸까?’

“오빤, 가끔 날 투명인간처럼 대하더라. 무슨 생각을 그렇게 해?”

“응. 별일 아님둥! 무세 먹고 싶은지 말해 보라우!”

변두리 빵집 근처를 벗어나자, 오랜만에 해방감이 느껴졌다.

“오빠, 내가 먹고 싶은 거 다 사 줄 거야?”

세라가 철부지처럼 물었다. 뜨끔했다. 가난한 주머니 사정이 날 옥죄어 왔다. 내가 망설이고 있는 사이, 세라가 통통 튀듯 말했다.

“오빠, 칼질하는 데 가 봤어? 레스토랑 말이야.”

“아니. 못 가 봤어야.”

“오빠도 패밀리 레스토랑 한번쯤 가 봐야지. 오늘은 눈 딱 감고 한번

쏴라. 오빠! 북한에도 레스토랑이 있어?"

세라는 제멋대로 날 잡아끌었다.

'나는 단 한 푼도 선불리 써서는 안 되는데……. 그래도 세라를 위해서는 괜찮지 않을까?'

두 마음이 파도타기를 했다.

"여기가 레스토랑이야."

세라가 아웃백이라는 음식점으로 들어서며 말했다. 세라는 불빛이 은은한 창가에 앉았다. 세라는 고급 음식점에 자주 다녔는지 메뉴판을 보지도 않은 채 주문을 했다. 난 멍하니 세라만 바라보았다. 곧이어 샐러드, 수프, 음료 등 푸짐한 음식이 줄지어 나왔다. 북에서는 한 번도 본 적이 없는 음식이라 긴장이 되었다.

"진짜 맛있다. 동네에서 파는 싸구려 스테이크랑은 차원이 달라."

음식에 탐을 내는 세라의 모습이 낯설었다.

"너는 이런 거 자주 먹지 않았슴?"

"응? 응. 자주 오는 편 맞지."

세라가 어색하게 얼버무렸다.

"너, 오늘은 다이어트 안 함둥? 왕창 기름기구만."

"오늘 같은 날 다이어트는 딱 접는 거야. 오늘은 먹고 다이어트는 내일부터! 내가 만든 다이어트 법이거든."

세라는 내가 밍밍해서 밀어 놓은 양송이수프까지 깨끗이 비우고, 빵을 몇 번 더 주문해서 버터를 발라 먹었다. 난 문득 세라가 배고픈 옥련이 아닌가 싶었다. 옥련 생각이 들자 입맛이 싹 달아났다.

"다 먹었으면 그만 나가자우!"

비상금을 탈탈 털어 음식값을 내며 말했다. 세라가 아쉬운 듯 뭉그적거리며 일어났다.

사장님에게 가불을 퇴짜 맞은 주제에 엄청난 음식값을 지불하다니. 허망하고 옥련에게 미안했다. 지금 옥련은 이탄(진흙으로 만든 빵)으로 허기를 채우고 있을지도 모르는데…….

일주일째 장 사장님에게 연락이 오고 있지 않았다. 애가 탔다. 나는 할 수 없이 탈북자들을 돕는 선교사님을 찾아가 도움을 요청했다.

"너무 염려 말고 기다려 봐. 국경선 쪽에 장 사장 아는 사람한테 연락해서 잘되도록 힘써 볼게."

선교사님은 마지막 희망이었다. 그런데 며칠째 소식이 없다. 가슴이 타들어 갔지만 빵 굽는 일만은 열심히 했다. 앞으로 옥련과 함께 살아야 하는데 일자리마저 잃으면 낭패니까.

일하는 틈틈이 창밖의 목련을 바라보는 것만이 유일한 쉼이었다. 어느새 목련이 만발해 세라의 얼굴처럼 화사했다. 사람들의 옷차림도 봄 햇살처럼 밝았다. 내 마음만 겨울처럼 스산했다.

'사채라도 빌렸어야 했나……. 옥련아, 미안해. 제발 무사해라.'

시도 때도 없이 자책감이 들었다. 가게가 한산해지자 실낱같은 소식이라도 건지고 싶어 신문을 샅샅이 훑었다.

북한 화폐 개혁 이후 탈북자 색출 정책 급강화

가슴이 철렁했다.

'옥련아, 제발 살아 있어야 해!'

신문을 읽는 내내 입술이 바작바작 타들어 갔다. 장 사장님에게 전화가 오면 사정을 말하고 도움을 요청하는 길밖에 없을 것 같다. 인정 많은 장 사장님은 분명 나의 사정을 잘 봐줄 것이다.

"꼭 데리러 올 테니끼니 삼촌 집에서 꼼짝 말고 있어! 알았슴?"

이 년 전, 난 동생의 손을 잡고 다짐했었다.

"고롬, 기래야디. 내래 너도 반드시 남한에 데려다 줄 테니끼니 걱정 말라우."

장 사장님이 곁에서 힘을 실어 주었다. 실제로 장 사장님은 브로커비를 탕감해 주고 나를 도와준 사람이다. 그런데 얼마나 급하면 나한테 삼백만 원을 보내라고 했을까.

"내래 오빠랑 같이 가고 싶습둥."

동생은 울며 매달렸다.

"둘 다 죽을 순 없다. 오빠가 먼저 가서 자리 잡을끼니 장 사장님만 믿고 기다리라우."

눈물을 뚝뚝 흘리던 옥련의 모습이 눈앞에 아른거렸다. 사채 써서 망한 사람들을 여럿 봐서 사채만은 안 쓰려 마음먹었는데 신문 기사를 보니 후회가 됐다.

"신문에 돈다발이라도 들어 있니? 그렇게 열심히 신문 보듯 빵을 구우면 몽땅 태워 먹을 일도 없지."

사장님은 가불 이야기를 한 뒤부터 나를 못마땅해했다. 사장님한테 잔소리를 듣고 제빵실로 가는데 세라가 쪼르르 따라와 샐샐 웃었다.

"오빠가 대빵 되고부터 빵이 더 맛있어졌어. 축하! 축하!"

세라가 날 치켜세웠다.

"진짜임? 더 맛있는 빵 만들 거임. 앞으로도 좋은 평가 많이 해 줘!"

"싫어. 빵은 칼로리 덩어리인데 나더러 뚱녀 되라고? 이 몸은 앞으로 대한민국을 뒤흔들 대박 모델이라고."

세라는 허리에 양손을 얹고 엉덩이를 실룩이며 말했다. 남한은 모델을 하면 대박이 나는가 보다. 입만 열었다 하면 모델, 대박이라는 말을 하는 세라를 보면 말이다. 그런데 세라는 먹는 얘기만 하면 펄쩍 뛰면서도 하루 종일 빵 부스러기나 생크림을 찍어 먹고 후회했다.

"큰일 났다. 빵 부스러기는 칼로리 덩어리고, 생크림은 설탕 덩어린데. 난 망했어. 오늘도 1킬로그램은 쪘겠다."

세라는 울상이지만 나는 그런 세라가 귀엽기만 했다.

'옥련도 남한에 살면 저렇게 예뻐지겠지?'

점심시간이 되면 빵과 우유를 찾는 사람들로 북적댔다. 나는 땀을 뻘뻘 흘리며 빵을 구웠다. 다행히 기사님이 없어도 막막하진 않았다.

세라는 주문도 받고 테이블도 치우느라 바빴지만 늘 명랑했다. 그러면서도 간간이 패션 잡지를 들여다보고 입술연지(립스틱)도 발랐다. 세라는 밥 먹는 것보다 화장하는 걸 더 중요하게 생각했다. 저녁이면 워킹 연습을 하기도 한다니 모델이 되고 싶긴 한가 보다. 모델이 그렇게 멋진 직업인가? 때로는 궁금해질 만큼 열심이다.

저녁 손님이 뜸해져 퇴근 준비를 했다. 사장님은 뒤처리를 맡긴 채 나갔다. 나는 내일 필요한 재료를 체크하며 주문서를 작성했고, 세라는 또다시 화장 가방을 꺼내 놓고 한껏 멋을 내고 있었다.

그때였다.

"야! 이 싸가지 없는 기지배야!"

뚱뚱한 아줌마가 폭풍우를 몰고 올 듯 문을 박차고 들어섰다. 나는 번득이는 아줌마의 눈을 보는 순간 움찔해서 밀가루를 쏟을 뻔했다. 하지만 세라는 아줌마를 못 본 척 거울에서 눈을 떼지 않았다. 아줌마가 느닷없이 세라의 머리채를 잡아챘다.

"지금 뭐하는 짓이야? 에미는 피가 마르도록 찾아다니는데 천하태평 화장질이냐? 이 웬수 같은 년아."

아줌마는 세라의 등과 머리를 닥치는 대로 때렸다. 세라는 고개를 빳빳이 들고 아줌마에게 대들었다.

"왜 때려! 엄마가 나한테 뭘 해 줬는데?"

"뭐라고? 통장 가지고 튈 때부터 글러 먹은 건 알았지만, 지 에미한테 하는 말 좀 봐. 그래 학교 때려치우고 한다는 게 고작 빵집 종업원이냐. 명품 사 달라고 징징대서 할 수 없이 사 줬더니 빵가루나 묻히고. 잘한다!"

"엄마 넋두리 듣는 것도 싫고 공부도 싫어. 아빠가 바람 펴서 집 나간 탓을 왜 나한테 하는데? 난 내 힘으로 성공할 거야. 엄마 돈 가져간 것도 이자 쳐서 갚을 거고."

"성공? 성공이 너 같은 기지배한테 여기 있소 하고 온다디? 이 철딱서니야. 저걸 믿고 산 내가 바보지. 사내 복 없는 년 자식 복도 없다더니. 이 그지 같은 팔자야. 허이구!"

아줌마가 대성통곡을 했다. 세라는 눈 하나 깜짝 안 했다. 내가 봐 온 세라와는 딴판이었다.

나는 아줌마에게 물 한잔을 건넸다. 그러곤 제빵실에서 일을 마무리하면서도 밖을 흘끔거렸다. 아줌마의 꺼칠한 얼굴엔 검은꽃이 무성했다. 부스스한 머리, 헐렁한 추리닝에 검붉은 스웨터를 걸친 폼새가 전혀 부티 나는 차림은 아니었다. 나는 속으로 좀 놀랐다. 세라는 나와 다른 세계에 살고 있는 줄 알았는데…….

머리가 헝클어진 세라와 눈이 마주쳤다. 세라가 민망한 듯 눈길을 돌렸다. 나도 어찌해야 할지 몰라 고개를 돌려 버렸다.

아줌마는 질질 끌다시피 세라를 데리고 밖으로 나갔다. 세라는 도살장에 끌려가는 소처럼 아줌마의 손에 끌려 나갔다. 난 창가에 기댄 채 세라의 모습을 하염없이 바라보았다. 목련 나무에서 하얀 꽃잎이 떨어졌다.

그 후로 세라는 빵집에 나오지 않았다. 세라가 사라진 것처럼 옥련도 사라질까 봐 불안했다. 마음이 복잡해 밖을 내다보았다. 봄날은 가고 있었다. 탐스럽던 하얀 목련이 어느새 추레한 색깔로 변했다. 조용한 정적을 깨고 손전화기가 울렸다.

"연길에 있는 선교사를 통해 장 사장이랑 연락했다. 길게는 통화 못했고, 돈은 나중에 받기로 하고 일을 추진하겠다고 했으니까 기다려 보자고."

선교사님의 전화였다. 기뻐서 소리라도 지르고 싶었지만 참았다. 역시 하늘은 내 희망을 저버리지 않았다. 무엇보다 후불로 해 주기로 하고 옥련을 데려오기로 한 장 사장님이 고마웠다.

문득 세라가 보고 싶었다. 세라는 엄마에게 끌려간 뒤로 전화를 받지 않았다.

'세라는 지금 학교에 다니고 있을까?'

나는 검정고시 학원도 못 나가고 있다. 한 푼이라도 모으기 위해 학원을 그만뒀다. 대신 졸릴 때마다 옥련을 생각하며 밤늦도록 교육방송을 듣고 있다. 퇴근 시간이 지났지만 나는 제빵실에서 빵 만드는 일에 몰입했다. 태극 문양과 활짝 핀 목련을 닮은 빵을 만들어 보기도 했다. 옥련이 내가 만든 빵을 먹을 걸 생각하면 절로 힘이 났다.

장대비 쏟아지는 소리가 나서 가게 통창으로 밖을 보았다. 거센 빗방울에 거무죽죽 변해 가는 꽃들이 우수수 떨어졌다. 마음이 울적해지려고 해서 제빵 잡지를 들고 다시 제빵실로 들어갔다. 잡지에 나온 레시피를 응용해 볼 참이었다. 밀가루 반죽을 만들 때마다 퐁퐁떡을 빚던 엄마가 생각났다. 그래서인지 손에 닿는 밀가루 반죽의 촉감이 좋았다.

쑥버무리를 혼합해 쑥 냄새 폴폴 나는, 남과 북의 특색을 살린 빵을 만들어 보았다. 엄마가 밥솥 가장자리에 옥수수 반죽을 붙이던 기억을 되살려 오븐 없이 굽는 빵에 도전했다. 처음에는 시커멓게 타고 맛이 없었지만, 밀가루와 우유를 적당히 배합하자 부드럽고도 고소한 빵이 되었다.

"오빠, 아직도 빵 굽고 있네!"

세라의 목소리다. 가게로 들어오는 세라가 목련처럼 화사하게 웃었다. 반죽 묻은 손으로 세라의 손을 잡았다. 마치 옥련이 내 앞에 나타난 것처럼 반가웠다. 나는 새로 뽑은 커피와 연습 삼아 만든 빵을 세라에게 건넸다.

"날, 반기는 사람은 오빠밖에 없다니까. 오빠 그날 많이 놀랐지?"

세라가 제법 어른스럽게 말했다. 그러고 보니 눈빛도 깊어진 게 전과는 달라 보였다. 잠시 흐르는 침묵을 깬 건 세라였다.

"오빠, 내가 왜 다이어트 병에 걸린 줄 알아? 부자가 되고 싶어서야. 우리 엄마처럼 가난뱅이는 만날 라면으로 끼니를 때우다 보니 살이 찔 수밖에 없어. 잘사는 여자들은 운동도 맘껏 하고 지방 제거 수술도 받기 때문에 살찔 틈이 없는 거야. 돈이면 안 되는 게 없으니까."

조근조근 말하는 세라의 모습이 왠지 어른스러워 보였다.

"북한에서는 배곯아 죽는다고 아우성이고, 남한에서는 배부르다고 난리군!"

활기를 잃은 세라에게 딱히 해 줄 말이 없어 한탄 섞인 혼잣말을 했다. 세라가 한결 밝아진 목소리로 말을 이었다.

"남한은 외모가 계급인 세상이야. 난 엄마처럼 시장 바닥에 앉아 잡동사니나 팔면서 살고 싶지 않아. 그래서 집도 나왔고, 필사적으로 살도 빼고 싶었어."

"어딜 가나 다이어트 식품 간판이 있는 이유를 알갔어. 난 네가 통통해서 좋아. 북에서는 너처럼 통통한 여자가 최고의 미인이라우."

"으, 그래도 싫어. 두고 봐. 나는 빛나는 모델이 될 테니까. 머잖아 나처럼 동양적으로 생긴 미인이 대세인 시대가 올 거라고!"

세라는 여전히 웃었다. 그 웃음이 전과 달리 슬퍼 보였다.

'너도 아픈 아이였구나! 근심 걱정 없는 부잣집 딸인 줄 알았더니.'

세라에게 내가 만든 빵을 먹이고 싶어서, 세라의 손을 잡고 제빵실로 들어갔다.

"북에서 먹던 퐁퐁떡 맛에 쑥 맛을 더한 빵임. 배는 부르게, 그러나 칼로리는 낮게. 남과 북 모두를 잇는다는 뜻으로……. 이름은 통일빵이야. 어떻슴?"

"통일빵? 촌스럽기는 한데 뜻이 좋으니까 뭐! 이 빵이 성공하면 오빠 이름으로 된 통일빵집 내면 되겠다. 여긴 자기 이름을 내건 빵집이 많아."

세라의 말을 듣자 눈앞에 쌍무지개가 뜨는 것 같았다.

'류명성 통일빵집?'

내 이름으로 된 빵집을 상상하는 것만으로도 행복했다.

나는 그동안 혼자 연습한 것을 되새기며 빵을 만들었다. 세라가 흐뭇한 표정으로 날 지켜보았다. 세라와 이야기를 나누는 사이 빵 굽는 냄새가 코를 자극했다. 내가 건넨 빵이 세라 입으로 들어갔다. 내 입에서도 마른침이 넘어갔다. 세라의 반응이 어떨지.

"고소하고 진짜 담백해. 속은 부드럽기까지 하고. 지금까지 먹어 본 빵 중에 최고야. 최고! 이거 다이어트 빵으로 내놓으면 대박일 것 같아. 오빠, 짱이다!"

세라는 연신 최고, 짱이라고 외쳤다. 어깨가 으쓱해졌다. 옥련도 내가 만든 빵을 먹으면 세라처럼 기뻐하겠지.

탁자 위에 올려 둔 손전화기가 요란하게 울렸다. 침착하게 전화를 받았다.

"명성임? 국경선에서 잡혀 생고생했슴메. 다행히 지금은 태국대사관에 들어왔으니끼니 걱정 말라우. 동생도 건강하니끼니."

"감사함다, 장 사장님. 은혜 평생 잊지 않겠습다. 브로커 비도 빠른 시일 내에 갚겠습다."

옥련의 목소리라도 듣고 싶었지만 금방 전화가 끊겼다.

꿈이 아닐까? 나는 허벅지를 꼬집어 보았다. 얼얼했다. 비로소 안도의 숨이 나왔다.

"내 동생이 온…… 다……. 드디어 탈출했다……."

난 좋아서 세라를 부둥켜안았다.

"와~ 축하! 근데 오빠 동생이 오면 난 낙동강 오리알 되는 것 아냐?"

세라가 사랑스럽게 눈을 흘겼다.

나는 가슴이 벅차 가만히 앉아 있을 수가 없었다. 창문을 활짝 열었다. 지나가는 사람들에게 큰 소리로 자랑하고 싶었다. 나뭇가지에 한두 송이 남은 하얀 목련을 바라보았다.

내 동생, 옥련도 저렇게 고운 목련처럼 이제 고생은 그만하고 희고 예쁘게 지낼 날만 올 것이다.

# 빨래

| 주희와 연숙 |

교대 시간 오 분 전. 동대문의 밤거리는 휘황찬란하다. 네온사인의 춤사위에 거리를 걷는 사람들의 발걸음이 가볍다.

나는 사람들 틈을 비집고 옷 가게가 즐비한 건물 앞에 다다랐다. 붉은 깃발 아래 모인 중국 관광객들이 별천지 구경하듯 두리번거린다. 저들은 잠시 후면 내가 아르바이트하고 있는 옷 가게로 들이닥칠 것이다.

"만날 지각이냐? 짜증 나. 너 땜에 약속 시간 늦었잖아!"

이 가게에서 삼 년째 아르바이트 중인 미란 언니가 투덜거린다.

말은 거칠어도 언니는 따뜻한 사람이다. 미란 언니는 금고 열쇠와 장부를 건넸다.

"열 시 넘어서 사장님 나오실 거야. 그리고 어제는 재워 줬지만 오늘은 안 된다. 친구 오기로 했어."

나는 사흘째 가출 중이다. 그동안 아빠가 수시로 전화하고 문자도 보냈지만 무시하고 있다. 아빠가 날 내친 거나 마찬가지니까. 아빠 몰래 알바를 시작한 게 불행 중 다행이라면 다행이다.

나는 한가한 틈을 타 가게 한쪽에 놓인 노트북을 켜고 중국어 강의를 들었다. 상거래에 쓰이는 중국어를 반복해서 듣다 보니 자신감도 생기고 재밌기도 했다.

"닌하오. 라이칸칸바(어서 오세요. 맘껏 구경하세요)."

나는 중국어를 따라하며 손님들이 만져서 구김이 생긴 옷을 집었다.

미란 언니는 할 일 없이 껌을 질겅거리고 앉아 있을망정 절대 다림질은 않는다.

스팀다리미로 구겨진 곳을 집중적으로 다리니 후줄근하던 옷이 깔끔해졌다.

'구질구질한 내 삶도 이렇게 활짝 펴지면 얼마나 좋을까?'

나는 다리미를 꾹꾹 누르며 옷 모양을 반듯하게 잡았다.

엄마가 사고로 돌아가신 뒤부터 내 인생은 꼬였다. 아빠는 엄마의 죽음을 나보다 더 힘들어했다. 술만 먹으면 곧 죽을 것처럼 아무나 붙들고 외롭다며 울었다.

중3인 나도 꾹 참고 있는데 툭하면 울음을 터트리는 아빠. 그때는 아빠가 불쌍하고 엄마를 정말로 사랑하는 것 같아 나도 아빠와 함께 엉엉 울고는 했다. 그런데 엄마가 죽은 지 일 년도 안 되어 아빠는 아줌마를 데려왔다. 공사장 함바집에서 일하고 내 또래만 한 딸이 있다고 했다.

아줌마와 그 딸이 온 후로 아빠의 얼굴이 살아났다. 아빠는 엄마를 사랑한 게 아니라 외로워서 징징댔던 것이다. 배신감이 들었다.

안정을 찾는 아빠와 달리 나는 혼란스러웠다. 내 삶에 이물질처럼 끼어든 모녀는 놀랍게도 탈북자였다.

내가 북한 사람이랑 한집에서 살게 되다니!

아줌마가 양강도 혜산이 고향이라고 자기소개를 하는데 정말 기절하는 줄 알았다. 알래스카, 수단, 케냐, 터키도 아니고 듣도 보도 못한 양강도니 혜산이니. 그 순간 여기가 어디인가 싶었다.

함께 생활하고, 낯선 말을 듣는 게 불편하고 짜증이 났다. 무엇보다 아줌마와 그 딸을 만나면서 변해 버린 아빠에게 화가 났다.

아빠는 친딸인 나보다 연숙이를 더 좋아했다. 비쩍 마른 연숙이는 하는 짓이 어린애 같기도 하고, 어떤 땐 한 살 많은 나보다 언니 같아서 정체를 알 수 없는 여우처럼 보였다.

여우 같은 연숙이를 보며 아빠는 언제나 싱글벙글이었다. 그럴 때마다 나는 아웃사이더가 된 듯 소외감을 느꼈다. 질투도 나고 짜증도 나 모든 게 싫었다. 북한 사람한테 이런 감정을 느끼는 내가 웃기기도 했다.

나는 잡념을 떨치려 마네킹에 새 옷을 입혔다. 나보다 가게를 오래 보는 미란 언니는 내 맘대로 옷을 입히는 걸 싫어한다. 그래도 어쩔 수 없다. 가만히 앉아 손님을 기다리는 건 딱 질색이니까.

"와, 저디앤리유헌둬이푸!(와, 여기 멋진 옷 많다!)"

시끌시끌, 중국 관광객이 떼거리로 들어오며 떠든다. 좀 전 문 앞에서 본 사람들이다.

중국 사람들은 조용히 말해도 시끄럽다. 나는 상냥한 얼굴로 중국 사람들을 맞이했다. 도둑고양이처럼 살금살금 아이 쇼핑만 하고 다니는 일본 손님보다는 훨씬 낫기 때문이다. 중국 관광객은 물건을 잘 사는 편이다. 그들에게 물건을 팔지 못하면 꽝이다. 막노동을 하는 아빠에게는 비오는 날이 꽝인 것처럼.

"저거둬치엔?(이거 얼마예요?)"

50대 중반쯤으로 보이는 뚱뚱한 아줌마가 원피스를 걸쳤다.

"우완지우치엔(5만 9천 원)."

나는 계산기에 가격을 찍어 보이며 말했다.

아줌마는 가격을 깎아 달라고 코끼리만 한 엉덩이를 흔들며 애교를 부렸다. 나는 풋, 웃음이 나오는 걸 억지로 참으며 손사래를 쳤다.

"저스구이딩더, 워후이파콴(정찰제예요, 깎아 주면 걸립니다)."

나는 되도록 중국어로 말하려 애쓴다. 내 발음이 어설픈지 손님이 웃는다. 가격 때문에 잠시 실랑이를 벌이긴 했지만 아줌마는 금세 포기하고 돈을 꺼낸다. 아줌마가 원피스를 사는 걸 보고 함께 온 아줌마들도 머플러, 벨트, 티셔츠, 재킷을 요리조리 둘러보고, 걸쳐 보고 하더니 계산해 달라고 아우성이다. 혼이 쏙 빠질 정도로 바빴다. 물건을 산 손님들이 양손에 쇼핑백을 들고 썰물처럼 빠져나갔다.

시끄러운 중국 관광객이 나가자 가게가 조용해졌다. 쉭쉭, 에어컨 돌아가는 소리만 크게 들렸다. 나는 관광객들이 흩뜨려 놓고 간 옷들을 정리한 뒤 휴대 전화를 보았다.

나 학원 수업 중. 미, 미안해 ㅜㅜ 끝나고 콜할게.

소영이 보낸 문자다. 알바 오기 전에 오늘 재워 달라고 문자를 보냈었는데 그에 대한 답이다. 예스나 노가 아닌 애매모호한 표현. 무슨 뜻일까? 절친이라면서 하룻밤 더 재워 주지 못하겠다니. 서운했다.

어서 와. 기다릴게. 아줌마가 잘못했어.

아줌마의 문자다. 자기가 뭘 잘못했다는 것인지. 착한 척하는 아줌마가 싫어서 문자를 보자마자 지워 버렸다.

아빠는 내가 궁금하지도 않나. 전화 안 받고 문자 몇 번 씹었다고 오늘은 아무 연락도 없는 아빠가 야속했다. 하긴 연숙이가 학교에서 나를 봤고, 학교는 잘 나온다고 쪼르르 아빠한테 전했을 테니 내 걱정 없이 잘 있을 거다. 난 열외 인간이니까.

저만치에서 쇼핑몰에 어울리지 않는 사람이 보였다. 지저분한 옷, 막걸리 특유의 역한 냄새. 술 취한 사람인가 싶어 자세히 보는데 헉! 아빠였다.

막노동 현장에서 바로 온 게 분명하다.

'여길 어떻게 알았지? 어후, 쪽팔려.'

아빠가 어떻게 찾아왔는지 머리를 굴려 봤다. 아, 아리송한 소영의 문자가 그제야 이해가 되었다. 나와 친한 소영이를 아빠가 귀찮게 괴롭혔을 것이다.

"잘한다. 고작 집 나와서 한다는 게 요거냐? 소영이도 그렇고 네 친구들은 야자 끝나도 바로 학원 가느라 정신이 없는데. 공부만 하면 되는데 뭐가 문제야?"

아빠는 내가 집을 왜 나왔는지 모르는 듯 잔소리를 늘어놓았다. 나는 어이가 없어서 아빠한테 대들었다.

"공부? 지금 공부가 문제야? 나 집에 안 가."

'나 버리고 북한 모녀랑 잘 사세요!'라는 말이 나올 뻔했지만 가게에서 소란을 피우고 싶지 않아 꾹 참았다.

"쓸데없는 소리 집어치우고 당장 짐 싸. 아줌마랑 네 동생이 얼마나 걱정하는지 알아?"

'고양이 쥐 생각하네.'

날 달래는 아빠의 말이 곱게 들리지 않았다. 내가 아무 말이 없자 아빠는 내 손목을 잡고 가게 밖으로 끌어냈다. 나는 끌려가지 않으려 버텼다.

"아저씨, 뭐야? 남의 직원한테 뭐하는 거야?"

언제 왔는지 사장님이 나타났다.

"남의 직원? 난, 애 아빠요! 아무리 돈도 좋지만 가출한 애를 쓰다니. 당신은 자식 안 키웁니까?"

아빠는 사장님께 화풀이를 했다. 사장님은 뭔 소리야? 하는 표정이었다.

내가 가출한 걸 알았으니 사장님이 알바를 안 써 줄지도 모르고, 잘 곳도 없고, 쪽팔리는 이 상황도 피하고 싶어 나는 순순히 아빠 손에 끌려 나왔다.

한참 말이 없던 아빠는 집에 가는 버스 안에서 조용히 말했다.

"아빠 형편에 아줌마만큼 속 깊은 여자를 만날 수 있는 줄 알아? 직업도 변변찮고, 모아 둔 돈도 없고, 아이까지 있는 홀아비를 누가 좋아하겠니? 아줌마니까 나랑 살아 주는 거야. 아빠한테 아줌마는 로또라고. 아줌마 좋은 사람이니까 너도 엄마랑 동생이 생겼다 생각하고 정을 붙여 봐."

아빠는 정말 자기밖에 모르는 사람이다. 나한테 먼저 사과부터 해야 하는 것 아닌가? 내 안부는 묻지도 않고 아줌마랑 연숙이 타령이라니. 또 가출해 버리고 싶다.

"밥은 먹었슴둥?"

나를 보자마자 건넨 첫마디. 아줌마의 투박한 말투가 거슬린다. 아줌마는 밥, 밥, 밥이라는 말을 달고 산다. 늘 밥을 안 먹으면 큰일 나는 것처럼 굴었다. 배고파 탈북했다지만 밥 타령 하는 모습은 정말 거지 같았다.

아줌마가 차려 둔 된장찌개 냄새에 배가 눈치 없이 꼬르륵거렸다. 나는 밥에는 관심 없는 척 아줌마를 외면했다.

“아빠랑 얘기 좀 하자. 뭐가 그렇게 불만이냐?”

아빠가 참았던 화를 한바탕 쏟아부을 태세다.

“내일, 내일 얘기하시라요.”

아줌마는 술 냄새 풍기는 아빠를 안방으로 끌고 갔다.

나는 문간에 선 채 집을 둘러보았다. 숨 막히던 집이었는데 며칠 만에 봐서 그런지 나름 반갑기도 했다.

액자가 놓인 거실장이 눈에 띄었다. 긴장한 표정의 아빠와 아줌마 사진, 교복을 입은 연숙이의 사진이 보였다. 엄마와 나, 단 둘이 찍은 사진이 보이지 않았다. 아빠는 엄마 사진을 놓지 말라고 했지만 반발심과 엄마를 지키고 싶은 마음에 놓아 둔 사진이었다. 엄마 사진 대신에 엄마가 사 준 원피스를 입은 내 독사진이 놓여 있었다.

‘당장 나가! 여긴 네 자리가 없어!’

무언의 소리가 들리는 것 같았다. 엄마도 나도 이 집에서 사라져야 할 존재가 되어 버린 느낌이다.

안방에서 나온 아줌마가 내 손을 잡았다. 화들짝 놀라 나는 손을 뺐다. 아줌마는 주눅이 든 목소리로 말했다.

“보라우……. 아빠가 집 정리하다 사진을 바꿔 놓은 것임둥. 내래 일하고 늦게 오느라 바뀐 줄 지금 알았지비. 정말 미안해. 아줌마가 내일 엄마 사진 찾아서 도로 놓을 테니 마음 풀라우."

아줌마는 사진에 꽂힌 내 눈을 보며 말했다.

눈길만 보고도 내 마음을 알다니. 아무튼 눈치는 백단이다. 아줌마가 치운 게 아니라서 마음이 조금 놓였다. 하긴 아줌마의 성격에 그러지도 못했을 거다. 아빠가 그랬을 거라고 생각은 했지만, 아줌마에게서 확인을 받으니 화가 조금은 누그러졌다.

"피곤할 텐데 따뜻한 물 받아 놓을 꺼비? 아님 밥 먼저 먹을……."

아줌마는 정말 미안하다는 듯 말을 흐렸다.

엄마보다 세 살이나 많은 아줌마가 내 앞에서 굽실거리다니. 나를 완전 나쁜 애로 만드는 것 같고, 그 바보 같은 성격도 답답하고, 죄 없는 아줌마에게 자꾸 화를 내는 나도 못난 아이 같아 마음이 복잡했다.

"이제 손빨래 안 할 꺼임. 내래 세탁기를 써 본 적이 없어서 영 낯설었어야. 진작 가전제품 쓰는 걸 배웠어야 하는 건디. 그날 일은 정말 미안해야."

빨래라는 말을 듣는 순간, 그날이 선명하게 떠올랐다.

학원 수업 전에 먹은 편의점 음식이 잘못 되었는지 수업 내내 배가 아팠다. 학원에서 설사를 몇 번 했는데도, 집에 오는 길에 내내 배 속이 요동을 쳤다. 집에 오자마자 배를 부여잡고 화장실 문을 열었다. 아줌마가 쭈그리고 앉아 빨래를 하고 있었다.

이상하게 아줌마는 늘 손빨래를 했다. 아빠가 아무리 세탁기를 쓰라고 해도 소용없었다. 그날도 아줌마는 내가 들어온 줄도 모르고 열심히 손빨래를 하고 있었다.

"나, 급해요!"

내가 짜증을 내자 아줌마가 비로소 나를 보았다.

꾸르륵, 꾸르륵! 나오기 일보 직전. 나는 있는 힘을 다해 참았다. 급해 죽겠는데 아줌마는 굼뜨게 수돗물을 틀고 비누 거품이 묻은 손을 씻었다.

나는 참다못해 버럭 소리를 질렀다.

"세탁기 두고 뭐해! 나 급하다고!"

아줌마가 허둥대며 신발을 벗다 말고 밖으로 나왔다.

"어휴, 지겨워! 나가! 이 집에서 당장 나가라고!"

폭발한 나는 쾅! 화장실 문을 닫으며 소리쳤다.

변기에 앉아 일을 보는데 빨래통 앞에 놓인 욕실 슬리퍼가 보였다. 아줌마는 문까지 두세 발짝 거리인데 얼마나 놀랐는지 그 자리에서 신발을 벗고 나간 거다. 아줌마한테 조금 미안해졌다.

볼일을 보고 나오는데 이글이글 화난 얼굴의 아빠가 보였다. 내 행동을 본 것 같았다.

"이제는 아줌마가 손빨래하는 것조차 밉냐? 트집 잡을 걸 갖고 시비를 걸어야지. 니 에미는 흰 옷에 때가 새까맣게 끼었어도 세탁기에 드르륵 돌리고 말았는데. 일일이 손으로 빨아 주는 것도 불만이야? 싸가지 없는 계집애 같으니라고."

치사하게 아빠는 돌아가신 엄마 얘기를 꺼냈다.

"능력 없는 아빠 만나서 고생만 하다 죽은 엄마는 안 불쌍하고, 저 아줌마만 그렇게 불쌍해? 내가 죽어도 엄마처럼 금방 잊고 저 애만 데리고 살 거지?"

나는 아빠에게 무작정 대들었다.

철썩! 거칠고 두툼한 아빠의 손이 내 뺨을 때렸다. 나는 내 앞에 있는 사람이 아빠가 맞나 싶었다. 아빠가 내게 손찌검을 했다, 처음으로! 얼굴이 화끈거리는 게 느껴지자 눈물이 쏟아졌다.

아빠도 놀랐는지 어쩔 줄 몰라 하는 표정이었다. 놀란 아줌마가 나에게 다가오는 걸 보고 나는 문을 박차고 나왔다. 정신없이 걸었다. 한참을 걷다 보니 내 꼴이 우스웠다. 교복 차림, 찢어진 삼색 슬리퍼. 그날 소영이가 재워 주고, 운동화를 빌려 주지 않았다면 영락없는 노숙자 신세였을 것이다.

"언니 왔네. 정말 보고 싶었어."

현관문 열리는 소리가 들리더니 연숙이가 반갑게 말했다.

나는 연숙이를 외면했다. 반갑기는커녕 좁은 방을 다시 저 아이와 써야 하다니 짜증이 날 뿐이다.

"얼른 씻고 언니랑 밥 먹으라우."

아줌마가 부엌으로 갔다.

"엄마 내가 뭐 도울 거 없어? 아저씨는 아직 안 들어오셨어?"

아줌마, 아빠, 연숙이가 내 눈치를 보는 게 느껴졌다. 연숙이는 나를 그냥 두기 위해서인지 바로 부엌으로 가고, 연숙이를 자상하게 맞아 주던 아빠는 방에서 나오지 않았다. 나도 피곤하고 더는 싸우기 싫어서 내 방으로 들어왔다.

가방을 열어 구겨진 교복을 꺼내는데, 연숙이의 공부한 흔적이 책상에 가득했다. 밥상을 책상 삼아 공부하던 연숙이는 내가 없는 사이 책상을 차지해서 좋았을 것이다.

'하긴 나는 책상에서 공부도 안 하는데…….'

공부한 흔적이 가득한 노트에 나도 모르게 눈길이 갔다.

'정말 열심이구나. 이래서 아빠가 좋아하나?'

감탄하며 노트를 넘기는데 낙서들이 보였다.

주희 언니는 지금 어디 있을까?

아저씨, 언니, 엄마, 나. 이제까지 고생한 걸 생각하면 행복하게 살아야 하는데……. 왜 우리는 서로를 할퀴며 사는 걸까?

우리는 가족이면서도 국경선보다 더 높은 벽 속에 갇혀 산다.

엄마와 나 때문에 언니가 방황하는 것 같아 언니의 친엄마한테 많이 죄송스럽다.

아줌마 죄송해요!

하지만 언니를 잘 돌봐 주시고 얼른 들어오게 해 주세요.

아무렇지 않은 척하고 싶은데 학교에서 너무 외롭다.

가끔 복도에서 언니를 만나면 알은체하고 싶은데 언니가 싫어한다.

왕따인 나는 언니에게 해만 되겠지?

언제까지 이렇게 이방인으로 살아야 하나.

힘들다. 거친 물살의 두만강을 건널 때보다 더.

연숙이의 낙서를 보는데 코끝이 찡했다. 내가 느끼는 감정과 비슷하다고 해야 하나? 어쩌면 나보다 더 힘들 것 같다는 생각도 드는데 왜 걔 얼굴만 보면 이런 생각이 깡그리 사라지는지.

"나 옷 좀 갈아입어도 되지, 언니?"

연숙이가 문을 열고 들어오며 조심스럽게 말했다. 깜짝 놀라 노트를 덮었다. 연숙이는 새로 산 문제집을 책상에 올려 두고 옷을 갈아입었다.

"좋겠다 너는, 우리 아빠가 학원까지 보내 줘서."

마음과 다르게 또 시비조의 말이 튀어나왔다. 연숙이가 나를 보더니 소리 없이 웃었다.

'저렇게 언니처럼 행동하는 게 참 얄밉다니까.'

나는 표정 하나 바꾸지 않고 연숙이를 쳐다보았다. 연숙이가 짧은 한숨을 쉬더니 말했다.

"응, 언니. 나 아저씨한테 참 감사해. 학교도 보내 주고 실력 보충하라고 학원까지 보내 주셔서. 그런데 이거 다 아저씨 돈 아니야. 나도 아저씨가 힘들게 번 돈은 되도록 안 쓰려고 해. 학원비는 엄마와 내게 나오는 정부지원금으로 내는 거야."

연숙이가 차분하게 말했다.

'다 우리 아빠 돈이 아니었나?'

나는 얼굴이 화끈거렸다. 괜히 아빠 돈인 줄 알고 기세등등했나 싶었다. 하지만 금세 꼬리를 내리는 것도 우스웠다.

"정부지원금은 뭐 공짜니? 그거 다 우리 남한 사람들이 낸 세금이야. 이제껏 아빠는 막노동판에서, 엄마는 분식집에서 고생하며 돈 벌었는데 우리는 지원금 한 푼 받아 본 적 있는 줄 알아? 우리는 세금만 내고 가난하게 사는데, 너는 왜 탈북자라는 이유로 지원금을 받아야 하는데?"

연숙이의 표정은 뭐라고 설명할 수 없을 만큼 복잡해 보였다. 나를 설득하려는 것 같기도 하고 미안해하는 것 같기도 하고 알 수 없었다.

"맞아, 그건 내가 남한 사람들한테 두고두고 갚아야 할 빚인 것 같아……. 그러니까 언니가 날 도와주면 안 될까? 북에서 아빠 없이 혼자 살다가 엄마를 만난 게 얼마나 다행인지 몰라. 엄마와 나를 좋아해 주는 아저씨를 만난 것도 정말 좋고. 든든한 울타리 안에서 사는 기분이야. 가족들이 함께하는 곳에서 미래만 보고 열심히 달려 나가고 싶어. 언니, 나 좀 도와줘."

연숙이는 아줌마처럼 미안해하는 얼굴이기도 했지만 결코 비굴하지는 않았다. 오히려 당당했다.

'이 상황에서는 어떻게 반응을 해야 하는 거야?'

나는 뭐라고 말을 해야 할지 몰라 그냥 튀어나오는 대로 말했다.

"가족? 우리가 가족이니? 난 너 때문에 아빠를 잃었어."

기어이 짜증을 내고 말았다.

연숙이의 눈가가 벌게졌다. 연숙이는 눈물을 보이는 게 싫어서인지 방을 나갔다. 웬만해선 울지도 않고 지나치게 친한 척해서 거북할 정도였는데 이번에는 달랐다. 하긴 진심이 느껴졌는데 그걸 받아들이지 못한 나도 속이 좁은 것 같긴 했다.

똑똑. 내 방문을 노크하는 사람은 아줌마뿐이다.

"아줌마 좀 들어갈게."

아줌마는 잘 개킨 옷과 다리미질 된 교복을 들고 왔다.

"시간이 늦었는데 얼른 밥 먹지비? 아줌마는 잘 테니 배고프면 밥 먹으라우. 상은 내래 치울 테니 놔두고……."

'자기 딸이 우는 걸 봤을 텐데. 속상하지 않을까?'

아줌마는 아무 일이 없었던 것마냥 문을 닫았다.

나는 잘 개켜진 빨래를 물끄러미 바라보았다. 가출한 동안 똑같은 블라우스만 입어서 창피했는데, 잘 다려진 블라우스를 보니 마음이 산뜻해졌다. 아줌마가 빤 옷은, 일일이 손빨래하고 삶아서인지 새 옷처럼 깨끗했다.

'엄마는 한 번도 내 옷을 다려 준 적이 없는데…….'

아줌마는 음식 솜씨도 좋았다. 듣도 보도 못한 북한 음식들을 내놓았는데 꽤 맛있었다.

"돈 좀 모아서 북한 음식점 차리면 떼돈 벌겠는데!"

아빠는 아줌마의 요리를 먹을 때마다 황홀해했다. 나는 그런 아빠가 얄미웠지만, 음식이 맛있긴 했다.

아줌마는 엄마와 달리 불평불만 없이 뭐든 열심히 하고 행복해했다.

밤늦게 들어와서도 집안일을 하고, 짜증 내는 나를 받아 주고. 나는 그런 아줌마가 불쌍하면서도 착한 척하는 것 같아서 싫었다. 내가 아줌마를 싫어하면 싫어할수록 아빠는 아줌마를 좋아했다. 엄마와 같이 산 기억을 싹 잊은 것처럼 보였다.

'싫어하면서도 나는 아줌마가 다려 준 옷을 입는구나.'

깨끗해진 블라우스와 개켜진 빨래를 옷장에 넣는데 마음이 복잡 미묘했다.

"언니, 안 씻어?"

머리에 수건을 두른 연숙이가 아무 일도 없었다는 듯이 방문을 열고 들어와 거울 앞에 앉았다.

또 미운 말을 내뱉을까 봐 나는 속옷을 챙겨 들고 욕실로 갔다.

샤워를 하는 내내 연숙이의 낙서가 머릿속을 맴돌았고, 아줌마가 빨아 주는 속옷을 입는다는 사실이 새삼 놀라웠다.

화장실을 나오는데 밥상이 보였다. 꼬르륵, 배를 움켜쥐고 방으로 들어왔다.

"야!"

내가 용돈을 모아서 산 화장품을 연숙이가 만지고 있었다.

"안 발랐어. 냄새만 맡아 본 거야."

화들짝 놀란 연숙이 나를 보았다.

"언니가 쓰는 건 다 좋아 보이더라. 냄새도 좋고 피부도 광이 나고. 북한에서는 화장품이라는 거 구경도 못 했는데. 나도 한번만 써 보자, 언니? 응?"

연숙이는 금방 아이처럼 굴었다. 진짜 여우다. 하는 짓이 얄미웠지만 나는 말없이 화장품을 제자리에 두었다.

"발라 봐도 되는 거지?"

대답할 새도 없이 손바닥에 덜고는 얼굴에 톡톡 두드려 발랐다.

"앞으로 내 거 만지지 말고, 너도 사서 써라!"

나는 엄포를 놓고 침대에 누웠다.

나 없는 사흘 동안 내 침대에서 잤는지 연숙이의 베개가 침대에 있었다. 나는 침대 구석에 있는 내 베개를 뺐다. 연숙이가 자기 베개를 챙겨서 바닥에 누웠다.

"와, 언니가 오니까 좋다. 한숨 쉬는 엄마랑 아저씨 때문에 가시방석이었는데."

연숙이가 불을 껐다. 그러더니 얼마 지나지 않아 코를 골았다. 코 고는 소리가 경쾌하게 들렸다. 그 소리를 들으며 뒤숭숭한 마음으로 잠을 청했다.

"당장, 학원 등록해. 밤길 무서운데 연숙이랑 같은 시간대로 끊어서 같이 다니고."

아빠가 돈 봉투를 건넸다.

아빠는 교육을 위해서라면 돈을 아끼지 않았다. 덕분에 나는 어릴 때부터 우리 집 형편에는 맞지 않게 피아노 학원, 발레 학원 등을 다니고 책도 많이 샀다.

아빠는 공부를 좋아하는 연숙이에게 기대가 큰 것 같았다. 나는 학원에 앉아 멍하니 시간을 죽이는 게 아까웠다. 돈 낭비, 시간 낭비, 내 인생 낭비. 뭐하는 짓인가 싶었다.

'이런 말을 하면 아빠는 또 화를 내겠지?'

딴생각에 빠져 아무 말이 없자 아빠의 얼굴이 다시 붉으락푸르락해졌다. 인내에 한계가 온 것이다.

"이제는 아빠 말이 말 같지 않아?"

아빠는 내가 또 반항하는 줄 알고 언성을 높였다.

"어서 나가시라요. 주희는 제가 챙기겠습다."

아줌마가 아빠의 등을 떠밀며 달랬다. 아빠는 마지못해 작업 가방을 메고 나갔다.

"나랑 이야기할 시간 좀 있슴둥?"

아줌마가 자리에 앉으며 내 손을 잡았다.

"아니요, 나가 봐야 해요."

나는 얼른 손을 빼려고 했다. 아줌마의 손에 힘이 들어갔다.

"주희야, 아비 어미 없이 연숙이 혼자 할머니 손에서 오랫동안 컸어야. 할머니가 돌아 가셨다는 말을 듣고 중국에서 돈 벌던 내래 연숙이를 부른 것이야. 예까지 오는 동안 밤낮으로 굶고 쪽잠 자고, 공안들 눈 피해서 도망치느라 고생 참 많이 했던 기야. 그렇게 죽을 고생 해서 남조선에 왔는데 친구도 없고, 공부도 어려워 힘들다던 연숙이가 한 말이 있슴둥. 친언니가 날로 생겨서 좋다고. 학교에 언니가 있어서 다행이라고. 평생 핏줄이랑 살아 본 적이 없는 아라서 너한테 연연한 거 안다우."

아줌마가 사정하는 투로 말했다.

"그래서 나더러 어쩌라고요?"

나는 숨이 막혀서 집 밖으로 나왔다.

내 몸 챙기기도 힘든데, 어떻게 연숙이까지 신경 쓰라는 거야. 집에만 있으면 짜증투성이다.

공부 욕심이 많은 연숙이는 야자에 학원까지 꼬박꼬박 빼먹지 않고 다녔다. 그 덕분에 아빠는 나에게 사사건건 그 애를 들먹이며 학원에 등록하라고 야단이었다. 나는 아빠의 잔소리를 피할 방도로 중국어 학원을 끊어 달라고 했다.

아빠는 아줌마한테 배우면 될 것을 돈 낭비한다고 했지만, 아줌마가 아빠를 달랜 덕분에 중국어 학원을 다닐 수 있게 되었다.

중국어 학원을 다니자 배운 중국어를 손님들에게 써먹고 싶어 입이

근질근질했다.

나는 다시 알바를 하려고 동대문행 전철을 탔다. 동대문의 초저녁은 폐허가 된 도시처럼 황량했다. 매장으로 들어서자 사장님과 미란 언니가 깜짝 놀란 얼굴로 날 바라봤다.

"네가 웬일이야?"

"저 다시 알바하면 안 될까요? 저 일 잘한다고 사장님도 좋아하셨잖아요."

나는 사장님께 사정했다.

"네 아빠를 봐서라도 정신 좀 차려라. 나 나가야 하니까 미란이랑 얘기하다 가."

사장님은 쐐기 박듯 말하고 밖으로 나갔다.

"너 몰랐구나?"

미란 언니가 자리를 내어 주고 다림질 할 옷을 건넸다.

"뭘?"

나는 쏘아보는 체했지만 순순히 옷을 받아들었다.

"너 데리고 간 다음 날, 너희 아빠가 찾아왔었어. 사장님한테 사과하려고 일부러 나오셨던데. 그러면서 신신당부했어. 너는 절대로 자기처럼 안 키우겠다고. 꼭 공부시켜서 잘살게 해 주고 싶다고. 그게 무슨 말이겠냐? 절대 알바 쓰지 말란 말이지."

'아빠가 나를 위해 찾아왔다니…….'

기분이 좋으면서도 역시 공부밖에 모르는 것 같아서 짜증이 났다.

"아이 씨, 쪽팔리게 왜 여기까지 왔대. 언니, 난 공부 체질이 아니야. 알바가 좋아. 언니 알바 자리 많이 알잖아, 자리 하나만 소개해 주라."

미란 언니의 표정이 사뭇 진지해졌다.

"네가 정말 세상 무서운 줄 모르는구나. 고등학교 때 가출해서 지금까지 변변한 직업 없이 월세로 사는 내가 좋아 보이냐? 너처럼 집 나온 애들이 자고 가는 쉼터밖에 더 되냐? 내 맘대로 사는 게 좋아 보이겠지만 즐겁지 않아. 괜히 나처럼 후회하지 말고 들어가. 먹고 살기가 얼마나 힘든 줄 알아? 뭐하러 사서 고생이냐? 기다려 주는 가족이 있을 때 들어가라. 나중에 후회하지 말고."

언니의 진지함에 더 이상 알바 얘기를 꺼낼 수가 없었다.

나는 무작정 거리를 헤맸다. 밤이 깊어 가는데도 후텁지근하고 더웠다. 나는 더위를 피해 에어컨 바람이 나오는 두타 건물 안으로 들어가 하릴없이 구경을 하며 시간을 때웠다. 이것도 지루해 건너편에 있는 청평화시장까지 오랫동안 걸었더니 허기가 졌다. 길거리 분식집에서 떡볶이를 시켜 국물까지 싹싹 비웠다. 떡볶이를 먹는데 아줌마가 차려 준 밥상이 떠올랐다.

너무 걸었더니 다리가 쑤셨다. 나는 계단에 앉아 지나가는 사람들을 바라봤다. 아빠처럼 해진 작업복을 입고 리어카를 끌며 지나가는 아저씨가 눈에 띄었다. 사장님에게 사과하는 아빠의 모습이 겹쳐졌다.

'기다려 주는 가족이 있을 때 들어가라.'

나는 내키지는 않았지만 고고씽, 일부러 씩씩하게 집을 향해 걸었다.

집에 가는 길에는 공원이 하나 있다.

한여름 밤이라 그런지 시간이 늦었는데도 공원은 활기찼다. 몸집 좋은 남자가 달리기를 하고, 다정한 모녀가 개를 산책시키고, 중년의 부부가 의자에 앉아 이야기를 나누었다. 우리 집에서는 찾아볼 수 없는 풍경이었다. 바람을 쐬고 싶어서 사람들과 좀 떨어진 의자에 앉았다. 심심해서 음악을 들으려고 휴대 전화를 꺼냈다.

"어쭈, 오늘도 꽝이야?"

공격적인 말투가 들렸다.

나는 호기심에 소리가 나는 쪽으로 살금살금 다가갔다. 으슥한 곳에 애들이 떼거리로 몰려 있었다. 교복과 사복을 입은 남녀학생들이 보였다. 그 아이들은 한 아이를 둘러싸고 둥그렇게 모여 있었다. 나는 아이들 눈에 띌까 싶어서 조심조심 뒷걸음질을 쳤다.

"배고파서 북에서 탈출한 애라 좀 봐주려고 했더니 좆나 열 받게 하네."

우뚝, 걸음이 멈춰졌다.

남학생 하나가 고개 숙인 여학생의 어깨를 툭툭 쳤다. 나는 쿵쿵 뛰는 가슴으로 얼굴을 내밀어 자세히 살폈다.

"돈, 가져올 돈이 없습니다. 저번에도 겨우겨우 가져온 건데……."

투박하면서도 낯설지 않은 목소리. 듣기 싫었던 말투를 여기서 듣다니. 꿈인가? 차라리 꿈이면 싶었다.

"그걸 변명이라고 해? 야, 밟아!"

"잘못했어요. 살려 주세요."

바닥에 나동그라진 연숙이가 무릎을 꿇으며 빌었다. 당당했던 연숙이의 모습은 찾아볼 수가 없었다.

나는 머리가 띵했다. 달달 떨리는 손으로 112인지, 119인지 너무 놀라서 잘 떠오르지 않는 번호만 눌러 댔다.

"여기 창신동 소나무공원인데요, 깡패들이……."

"뭐야! 저건."

떼거지들이 우르르 몰려와 휴대 전화를 빼앗고 나를 짓밟았다. 윽, 너무 아프다.

"언니, 언니!"

누군가 내 몸을 덮치며 대신 맞으려 했다.

"니들 자매냐? 감동해서 눈물이 난다야."

나는 정신을 차리고 아이들을 노려보았다.

"뭘 야려?"

가운데 있는 아이가 내 머리통을 때리자, 우리를 에워싼 아이들의 무차별한 폭행이 시작됐다.

연숙이가 나를 보호하려고 꼭 끌어안았다.

삐앙~ 삐앙. 경찰차의 사이렌 소리가 들리자 아이들이 순식간에 사라져 버렸다.

머리가 띵하고 온몸이 쑤셨다. 연숙이가 어찌나 세게 끌어안았는지 땀 냄새가 가득 배어 났다.

비틀거리며 일어섰다. 연숙이는 코피가 터져 입가에 피가 가득했다. 비릿한 피 냄새가 느껴졌다. 경찰들이 몇 가지 물어보고 집에 데려다준다고 했지만 둘 다 거절했다.

경찰들이 돌아가자 나는 의자에 앉았다. 연숙이가 따라 앉기에 물티슈를 건넸다. 나는 지저분해진 옷을 털고 닦았다. 연숙이는 물티슈로 코를 닦은 후 내 손이 닿지 않는 등의 먼지를 털어 주고 자기 옷도 털었다.

"언니, 고마워."

나는 대꾸 않고 애꿎은 옷만 계속 털어 댔다.

"언니, 북한으로 다시 돌아가고 싶을 정도로 남한 생활 진짜 힘들다. 북한에서는 배는 고팠지만 애들끼리 괴롭히지는 않았거든. 그런데 여기는 학교에서도, 학원에서도 모두 날 무시하고, 돈도 갖다 바쳐야 하고……. 언니 아니었으면……."

말을 채 끝맺지도 못하고 연숙이는 꺽꺽 서럽게 울었다. 쏟아지는 눈물, 콧물에 나까지 기분이 이상해졌다.

'나 때문에도 북한으로 다시 가고 싶었겠지…….'

미안한 마음이 들었다. 지금이라도 사과를 해야 하지 않을까?

'사사건건 트집을 잡아서 미안해…….'

뭔가 미안한 게 아주 많은 것 같은데 막상 말을 하려니 하나도 떠오르지 않았다.

"바보같이 맞고 다니냐? 나한테 하듯 당당하게 굴어. 정 무서우면 아빠한테라도 말하든가."

결국 나는 또 통을 놓고 말았다.

"고마워, 언니!"

연숙이가 나를 보며 웃음을 지었다.

나는 괜히 머쓱해서 자리에서 일어났다. 연숙이도 가방을 둘러메고 내 옆에 바투 다가섰다.

- 문자 왔숑! 문자 왔숑!

연숙이와 할 말도 없는데 다행히 문자음이 어색한 정적을 깨 주었다. 나는 휴대 전화 문자를 봤다.

늦는구나. 밥은 먹었니? 밤길 조심하고 늦지 않게 얼른 들어와.

아줌마의 문자였다. 연숙은 미소를 지으며 자기 휴대 전화를 보여 줬다.

공원쯤에서 전화해라. 아저씨가 마중 나갈게.

우리가 죽도록 맞고 있는 동안에 온 문자였다. 텔레파시가 통했나? 맞고 있는 시간에 걱정하는 문자가 와서 신기했다.

"좋겠다, 우리 아빠가 널 좋아해서……."

"언니도 좋겠다, 우리 엄마가 언니를 좋아해서……."

연숙이가 나를 따라하며 팔짱을 꼈다. 평소 같으면 얼른 팔을 뺐을 텐데 죽을 고비를 함께해서 그런지 그럴 마음이 들지 않았다.

나는 침묵이 낯설어 휴대 전화에 담긴 음악을 들었다. 연숙이가 이어폰을 가져다 제 귀에 꽂았다. 한여름 밤의 선선한 바람이 볼을 스치고 지나갔다.

# 오뚝이 열쇠고리

| 기철과 다경 |

부르릉, 부릉—! 대여섯 대의 오토바이가 도로를 질주했다. 나는 오토바이 소리에 깜짝 놀라 발길을 멈췄다.

빠라빠라빰! 폭주족들이 경적을 울리며 지그재그로 달리고 있다.

"저 미친 것들."

"정신이 나갔구먼."

지나가던 사람들이 그들을 비난했다.

퍽! 소름이 끼치는 둔탁한 소리. 서너 대의 오토바이가 스쿠터를 들이박은 건 찰나였다. 스쿠터에 탄 남자가 바닥에 굴러떨어졌다. 지나가던 사람들이 웅성웅성 남자 주위에 몰려들었다. 어떤 아저씨는 경찰에 신고하느라 바빴다.

나는 끔찍한 장면을 떠올렸다. 피가 낭자하고, 살이 찢어진 상처투성이의 얼굴을 보게 되는 건 아닌지. 혹 죽은 건 아닐까.

호기심에 다친 사람을 보았다. 다행히 큰 사고 없이 멀쩡한 것 같다. 북경반점이라고 쓴 철가방이 구긴 종이처럼 잔뜩 찌그러진 채 널브러져 있다. 남자가 불편한 자세로 일어나려 애를 썼다. 그때 경찰차가 사이렌을 울리며 달려왔다.

"괜찮습니까?"

경찰이 남자를 일으키며 말했다.

"일없슴다."

어디서 많이 듣던 목소리다.

"일없다니요?"

"괜찮다는 말입니다."

정확하고 딱 부러진 목소리. 내 귀를 의심했다. 몸을 일으키는 남자와 눈이 마주쳤다.

앗, 짧은 스포츠머리에 선한 눈빛, 다부진 어깨가 멋진 아이. 한 달째 잠수 중인 기철이었다. 브로커 아저씨라는 알 수 없는 말만 남긴 채 홀연히 사라졌던 기철이.

"경찰서에 가서 사건을 정리합시다."

경찰은 주변 사람들을 둘러보며 말했다.

"사고 현장을 본 사람 있습니까? 증인이 되어 주실 분."

"제가 봤어요!"

나도 모르게 번쩍 손을 들었다.

"어, 넌? 다경이?"

기철이가 놀란 표정으로 날 바라보았다.

"그럼, 같이 갑시다."

나는 기철이에게 묻고 싶은 게 많았지만 일단 경찰서로 향했다.

기철이의 신원 조회를 하던 형사의 얼굴이 일그러졌다.

"김기철, 탈북자네. 혹 가해자들과 원한 관계가 있는 것 아닌가? 보복을 당할 일이 있다든지. 탈북자끼리 등쳐 먹다 칼부림하는 일이 부지기수고, 북한에서 사고 치고 남한으로 도망친 탈북자들이 많으니……."

형사가 연신 이죽거렸다. 사람을 앞에 놓고 너무한다 싶었다.

"탈북자라고 다 똑같지는 않습니다."

기철이가 형사를 똑바로 보며 말했다. 형사는 기철이의 말은 무시한 채, 내가 증언해 주기를 바랐다. 난 본 대로 말했다. 기철이가 일방적으로 당한 사건임을 분명하고도 딱 부러지게.

"뺑소니 폭주족을 언제 잡을지도 모르고 크게 다친 것 같지도 않으니 연락처 남기고 돌아가 기다려. 병원 가서 진단서 떼든지 그건 알아서 하고. 범인 잡히면 연락할 테니 그때 만나서 합의하도록 하자고."

시종일관 반말에 명령조다. 국민의 지팡이라는 경찰이 뭐 저러나 싶었다. 기철이는 경찰에게 무시를 당하면서도 전혀 동요가 없었다. 나는 그런 기철이가 대단해 보였다. 아마 도형이었다면 울고불고 난리가 났을 거다.

조사를 마치고 밖으로 나오니 싸락눈이 내렸다. 기철이는 중국집에

전화를 걸어 자초지종을 말하고 사과를 했다. 나는 기철이의 몸을 살폈다.

"병원부터 가자."

"일없어."

"안 돼, 교통사고 후유증은 오래 간단 말이야."

"일없대도. 이 정도는 아무것도 아냐. 목까지 차는 물살을 헤치고 두만강도 건넜고, 몽골대사관을 향해 갈 때는 전기 철조망에 걸려 죽을 뻔했던 적도 있어. 나한테 이건 새 발의 피니까. 걱정하지 마."

기철이는 짙은 눈썹을 들썩이며 장난스레 말했다. 끝내 병원 가기를 거부하고는 나를 데리고 카페로 들어갔다.

나는 걱정이 되어 유심히 얼굴을 살폈다. 상처는 없었다. 그러나 한 달 만에 본 기철이의 얼굴은 반쪽이 되어 있었다. 눈이 마주치니 잠잠했던 마음이 둥당거렸다.

사람의 마음을 끄는 기철이의 눈빛은 선해 보이면서도 왠지 위로해 줘야 될 것처럼 슬퍼 보였다. 성당에서 기철이를 처음 보았을 때도 그랬다.

"그동안 왜 전화 안 받았어? 학교도 안 나간다며? 성당도 가 봤는데 안 보이고. 브로커 아저씨와 무슨 일이 있는 것 같긴 한데 자세한 건 모르겠고."

걱정되었던 마음과 달리 삐딱한 말이 나왔다. 사실 그랬다. 지난 한 달간 사라진 기철이가 갈 만한 곳은 거의 찾아다녔지만 소용없었다.

"무슨 일 있어? 답답하니까 말 좀 해 봐. 혹시 브로커 아저씨가 널 속인 거야?"

나는 아무 말 없는 기철이를 다그쳤다.

"맞아. 북에 계신 엄마 모셔 오려고 사백만 원을 아저씨한테 줬어. 먹고 싶은 거 참으며 알바해서 모은 돈인데 사기꾼이었대. 내 돈만 챙긴 게 아니라 다른 탈북자들도 당했나 봐. 경찰 말로는 아저씨도 다른 브로커한테 당한 거래. 단 한 푼도 건질 수 없대. 내 돈이 허공에 뜬 거지. 엄마는 내 소식만 밤낮으로 기다릴 텐데……. 다시 돈을 벌어야 해서 중국집에서 알바 뛰는 중이었는데 이렇게 사고가 났네."

담담한 말투에 알 수 없는 슬픔이 묻어났다. 나는 위로 대신 말없이 도넛을 건넸다. 마음이 아렸다.

'어디 있는지도, 누군지도 모를 우리 아빠는 잘 있을까?'

불현듯 아빠가 떠올랐다.

"목숨 걸고 들어온 이 땅에서 받은 설움……. 형사가 날 대하는 거 봤지? 탈북자라고 하면 무조건 색안경 끼고 볼 때가 많아."

씁쓸한 미소를 지으며 기철이가 말했다.

"다경아, 난 너와 환경이 달라. 전시장에서 너희 엄마 작품 보면서 느낀 거야. 나는 쓰레기통을 뒤지고 다니던 꽃제비 출신이라고. 남한에서 살아 보니 여긴 북한보다 더 신분을 따지더라. 있는 사람과 없는 사람, 배운 사람과 못 배운 사람, 못난 사람과 잘난 사람 줄 긋듯 확연해. 나 같은 탈북자는 조선족보다 더 무시당하고. 억이 막히는 경우가 정말 많아. 네가 나한테 잘해 주는 것도 이상하고, 너도 언젠가는 내가 너랑 맞지 않다고 생각하게 될 거야."

차분히 말하는 기철이와 달리 나는 흥분하고 말았다.

"먹고 살 만하면 걱정이 없는 줄 아니?"

하마터면 나는 비밀을 털어놓을 뻔했다.

기철이 앞에서는 무장해제가 되어 나 혼자만 품고 있는 비밀을 말하고 싶은 충동이 일었다. 다행히 기철이는 내 말을 심각하게 받아들이는 것 같지 않았다.

"전화 안 받아서 미안해. 사기를 당하고 보니, 누구도 믿을 수 없었어. 다시 돈을 벌어야 한다는 생각밖에 없었고. 그날 너한테 정말 고마웠는데."

기철이의 말에, 한 달 전에 있었던 일이 먼 이야기처럼 들렸다.

"그렇게 살양말만 신고 다님 춥지 않니? 서울도 북한 못지않게 추운데."

기철이가 내 종아리를 보며 민망한 표정으로 말했다.

"북에서는 스타킹을 살양말이라고 하나 봐? 지난번엔 다이어트를 살깎이라고 하더니. 내가 살깎이를 해서 살양말 신고 각선미 자랑하려고 멋 좀 부렸지."

내가 기철이의 말을 흉내 내며 놀렸다.

"맞다, 스타킹이지. 영어가 영 입에 붙지 않아서 말이야."

기철이는 얼굴까지 붉히며 부끄러워했다. 그 모습을 보니 은근히 더 놀려 주고 싶었다.

"여기 말이 그렇게 어려워? 그럼 담탱이, 꼰대, 짭새, 식후땡. 이런 말은 전혀 모르겠네."

내가 샐샐거리며 물었다.

"그거 은어라는 거지? 북에서도 은어를 간간이 쓰긴 해. 선생님을 쌩코, 아빠를 떼박, 엄마를 쯔마이, 담배는 뽀디."

"정말? 북한에선 은어가 아예 없는 줄 알았어."

"북한은 러시아 말에 영향을 많이 받는 편이야. 영어는 절대 못 쓰게 하고. 난 남한에 내려와서 제일 힘든 게 영어였어. 처음 강남역에 나갔는데 서울이 아닌 줄 알았다니까. 온통 영어 간판에 머리가 빙빙 돌더라고. 커피란 말도 몰랐으니까. 지금은 네 덕분에 남한 말도 다 알아들을 수 있어."

기철이는 진지하게 말했다. 나는 가벼운 농담으로 시작한 말인데. 뭐든 배우려는 기철이에게는 농담도 진지할 거다.

"그런데 너 정말 안 추워? 청바지라도 입지. 나는 내복을 입어도 추운데. 북에서는 이보다 더 추운 날씨에도 러닝 하나 안 입고 잘 견뎠는데. 나도 남한 사람 다 됐나 봐."

"내복? 촌스럽게 요즘 누가 내복을 입어? 청바지 입는 것보다 기모 살양말이 훨 뜨셔!"

나는 일부러 살양말을 강조했다. 기철이가 씨익 웃었다. 내 말을 잘 들어 주는 기철이.

도형이는 기철이와 달랐다. 사진전에 가는 것만 해도 그렇다. 나는 도형이에게 먼저 말했었다.

"숙제로 전시회 팸플릿 내야 하는데 민통선 사진전 같이 가자. 내가 맛난 거 쏠게."

"촌스럽게 숙제 타령이냐? 대충해서 내. 난 친구들이랑 게임하기로 했어."

"베프 맞냐? 같이 가자."

"싫어. 추워서 안 나가."

도형이가 딱 잘라 말했다. 자기가 필요할 때는 내가 친구를 만나고 있어도 급하다고 달려오라고 난리를 치면서. 도형이는 뭐든지 자기 위주다.

"다경아, 괜찮으면 나랑 가자. 요즘 알바 쉬고 있거든. 민통선 뭐라 하는 것 같던데……."

언제 왔는지 내 뒤에 있던 기철이가 조심스레 말했다.

"좋아! 담주 토요일에 여기서 만나. 오전 열 시에."

그렇게 만난 자리였다. 가방을 메고 나온 기철이는 소풍 가는 아이처럼 약간 들떠 있었다. 체크 남방에 청바지가 잘 어울렸다. 짧은 머리에 젤을 바른 것도 깔끔하고. 내 앞에 있는 애가 꽃제비였다고 하면 사람들이 믿을까. 남남북녀라는 말이 무색할 정도로 기철이는 도형이보다 훨씬 멋졌다.

예술의 전당행 버스는 만원이었다. 기철이와 단 둘이라는 게 조금 어색했다.

"북한에서도 전시회 팸플릿 내는 숙제가 있어?"

나는 침묵이 불편해 별 생각 없이 물었다.

"우리는 토끼털 열 장 가져오기, 철이나 구리 주워 오기가 방학 숙제였어."

농담하나 싶어 두 눈을 동그랗게 떴다.

"진짜? 토끼털로 뭘 하는데?"

나는 약간 호들갑을 떨며 물었다.

"군인들에게 지급할 겨울옷이나 귀마개를 만들기 위해서 아이들을 동원하는 건데. 가난한 인민에게 부족한 물량을 착취하는 거지."

거짓말 같았다. 전쟁을 위해서 숙제를 내다니. 그저 놀라울 뿐이다. 기철이는 생각에 잠긴 듯 조용했다. 눈빛이 애처로워 더는 말을 붙일 수가 없었다.

예술의 전당은 사람들로 북적였다. 전시장 안도 마찬가지였다. 기철이는 민통선 사진을 골똘히 보았다. 나는 대충 훑어보았다. 기철이는 사진 하나하나 꼼꼼히 보느라 꼼짝도 안 했다. 나는 지루하고 다리도 아팠지만 꾹 참고, 기철이가 보는 사진을 같이 들여다보았다.

철조망 너머로 바다처럼 넓은 풀밭에 야생화들이 지천으로 피어 있고, 돌만 들면 가재가 나올 것 같은 맑은 물과 푸른 풀밭을 뛰어 노는 사슴, 토끼 들이 보였다.

"사진이 그림 같다. 자연이 그대로 살아 있는 곳이네. 민통선이라고 해서 잔뜩 철조망만 처진 곳인 줄 알았는데……."

"오십 년 넘게 아무도 들어가지 않았으니 동물들의 천국이겠지. 식물들도 마찬가지고. 난 토끼가 저렇게 많은 건 처음 봐."

기철이가 사진을 보며 말했다.

"숙제로 토끼털을 가져갔다며?"

나는 의아해서 물었다.

"난 토끼를 키워 본 적이 없어. 민간인이 토끼를 키울 정도면 북에서는 부자야. 군대가 억지를 부리는 거지. 밥은 굶어도 엄마가 토끼털을 사 줘서 숙제를 낼 수 있었어. 토끼털은 중국에서 밀수해 온 것들이고."

내가 생각했던 것보다 북한이 훨씬 어렵다는 생각이 들었다. 기철이는 북한 민가가 보이는 사진 앞으로 다가가 또 한참을 서 있었다.

"아는 동네야?"

"아니, 몰라. 그래도 슬레이트 지붕이랑 썰렁한 골목이 내가 살던 동네랑 비슷하네. 우리 엄마는 저기를 돌아다녔는지도 몰라. 엄마가 보따리 장사를 했거든. 엄마가 아파서 나 혼자 두만강을 넘어왔고."

"아빠도 북에 계셔?"

"아빠는 중국과 마약 밀수를 하다가 잡혀서 고문 끝에 돌아가셨어."

'너도 아빠 때문에 힘들었구나. 나도 그런데…….'

기철이의 말이 가슴을 울리며 동질감이 느껴졌다.

민통선 사진을 보고, 나는 기철이를 다른 전시장으로 데려갔다.

전시장 안으로 들어서니 엄마가 빚은 도자기가 나를 반겼다. 나는 엄마의 작품 중에 가장 마음에 드는 달항아리 앞으로 갔다. 그리고 기철이를 불렀다. 기철이는 어리벙벙한 얼굴로 나를 바라보았다.

“우리 엄마 작품이야. 어때?”

“참말인감? 네 엄마가 예술꾼인 줄 몰랐네. 대단하다.”

나는 기철이가 감탄하는 것을 보면서도 엄마를 생각하니 우울했다. 엄마가 작업실에서 죽지 못해 작품을 만들고 있다는 걸 알기에. 가끔 지하에 있는 엄마의 작업실에 내려가면 담뱃재가 수북이 쌓여 있고, 와인병이 뒹굴거렸다.

“이번에는 맛있는 케이크 집으로 모시겠습다, 도련님.”

나는 기철이를 카페로 안내했다. 감미로운 음악과 구수한 커피 향이 오감을 자극했다. 나는 자리에 앉자마자 입안에서 살살 녹는 치즈케이크를 시켰다. 기철이는 세상에서 케이크를 처음 보는 사람처럼 바라만 보았다. 내가 케이크 한 조각을 건넸다. 기철이는 케이크를 먹어 보더니 인상을 썼다.

“왜? 맛없어?”

“처음 먹어 보는 것이라……. 왜 이렇게 미끄덩거리고 달아?”

“그 맛에 난 치즈케이크가 좋은데. 살깎이하느라 맘대로 못 먹는 게 탈이지.”

“난 퐁퐁떡이 더 맛있어.”

"퐁퐁떡은 또 뭐니?"

그 아이 입에서 나오는 모든 말들이 신기했다. 살깎이, 살양말, 살물결, 퐁퐁떡. 기철의 말을 따라하다 보면 미지의 북한 땅을 다녀온 듯 친근감이 들었다.

"엄마가 해 주던 옥수수떡인데 고소하고 담백해. 퐁퐁떡 정말 먹고 싶다."

촌스럽긴. 이 말이 튀어나오려 했지만 참았다. 기철이의 눈빛이 슬퍼 보여 농담을 해서는 안 될 것 같았다. 나도 누군가 아빠 자랑하는 걸 보면 저절로 저런 눈빛이 될 때가 많으니까.

- 반갑습니다. 반갑습니다. 동포 여러분~~

구성지면서도 애달픈 북한 가요가 울렸다. 기철이의 휴대 전화 소리였다. 전화를 받던 얼굴이 하얗게 변했다.

"네? 리춘길 씨, 압니다. 뭐라고요? 아저씨가 입건됐다고요?"

놀라고 다급한 목소리였다. 카페 안에 있던 사람들이 우리를 쳐다보았다.

"미안. 나 급한 일 땜에 먼저 가 볼게. 브로커 아저씨가……."

기철이는 혼이 나간 사람처럼 허둥대며 밖으로 나갔다.

나는 멍하니 기철이가 먹다 남은 케이크를 보았다. 브로커 아저씨는 또 뭐람. 기철이는 비밀이 너무 많은 게 탈이다. 나는 도깨비에 홀린 듯 계산을 치르고 밖으로 나왔다. 기철이가 몹시 걱정되었다.

"무슨 생각을 그렇게 해? 아직도 화났어. 오늘 증인이 돼 줘서 고마워. 그렇지 않음 경찰서에서 오라 가라 귀찮게 할 텐데. 도넛을 북에서는 뭐라고 하는지 알아?"

내 기분을 풀어 주려고 기철이가 장난을 쳤다.

"몰라."

"가락지 과자!"

"가락지? 북한 말은 참 순수해. 스킨로션을 살물결이라고 하는 것처럼. 가락지 과자? 도넛을 손가락에 끼면 반지 같긴 하네."

나는 도넛을 손가락에 끼는 시늉을 했다.

"어, 너 손톱그림 그렸네. 멋지다."

"매니큐어를 손톱그림이라고 하는구나. 매니큐어 손톱그림, 손톱그림. 기철아, 그런데……. 너, 학교는 안 다닐 거야?"

나는 마음에 걸렸던 것을 조심스럽게 꺼냈다.

"응. 낮에는 중국집에서 일하고 밤에 알바를 더 뛸 생각이야. 새벽에 동대문시장에 나가면 짐꾼이 많이 필요하대. 알바비도 곱빼기로 준대고. 돈 좀 모으면 믿을 수 있는 브로커 만나야지. 엄마는 꼭 모시고 와야 해. 오랫동안 떠돌아다녀서 몸이 많이 상하셨나 봐. 사기꾼이 전해 준 소식이야. 사백만 원짜리 정보인 셈이지."

기철이는 이미 지난 옛일처럼 가볍게 말했다.

"어디 단체 같은 데 도움을 청하면 안 될까?"

"걱정 마. 엄마 모셔 올 정도의 돈만 모으면 검정고시 봐서라도 대학

꼭 갈 거야. 남한에서 살려면 대학은 가야 하잖아."

기철이의 표정이 단호했다.

"다경아, 나 들어가 봐야 해. 사장님이 화내시겠다."

"그럼, 성당에도 안 나올 거야?"

"당분간은, 오늘 정말 고마워."

뒤돌아 가는 모습이 당당해 보여 좋으면서도 안쓰러웠다.

'사백만 원을 모으기 위해 정말 고생 많이했는데…….'

집으로 돌아오는데 도형이가 날 기다리고 있었다.

"전화도 안 받고 뭐했냐? 춥다, 맥도널드 가자."

그냥 집에 들어가고 싶었지만 도형이의 성격을 알기에 고개를 끄덕였다.

아무거나 시키라고 했더니 자기가 좋아하는 것만 사 온 도형이가 햄버거를 내밀었다.

"토요일에 만나는 거 알고 있지? 우리 엄마가 크게 쏠 거야. 아빠가 외제 차 뽑아 줬거든."

토요일에 본다고? 금시초문이다.

"토요일? 우리 엄마 공동전시회 오픈일걸."

나는 거짓말을 했다. 엄마가 나에게 말하지 않은 걸 보면 엄마도 아줌마를 만날 생각이 없는 게 분명하다. 엄마는 작업실에 처박혀 있을지언정 수다 떠는 모임은 꺼리니까. 그래서인지 요즘은 동창이자 가장

친한 도형 아줌마도 잘 안 만나는 것 같다.

엄마들 때문에 도형이와 나는 어려서부터 베프 같은 커플, 커플 같은 베프가 되어 남들이 보기에 연인으로 오해를 받기도 했다. 내가 생각해도 애틋한 마음은 없지만 도형이와 나는 연인처럼 다정하게 지냈다.

"너 요즘 이상한 거 알아? 성당도 잘 안 나오고, 내 전화랑 문자도 씹을 때가 많고. 혹시 너 꽃제비한테 매수당한 것 아냐?"

"매수?"

난 그 말이 거슬려 도형이를 째려보았다.

"그, 그래. 매수! 솔직히 우리가 왜 북한 거지들을 먹여 살려야 하냐? 그럴 돈 있으면 우리나라 노숙자를 돕는 게 낫지. 꽃제비한테 동정을 베푸는 너도 우습고."

나는 말을 말아야지 하면서도 답답해서 한마디 쏘았다.

"북한 사람들도 우리 핏줄이거든."

"핏줄은 무슨, 핏줄이 6·25를 일으키고 이렇게 긴 시간 동안 으르렁대냐. 그냥 북한인 거지. 툭하면 중국 힘 빌려 전쟁이나 일으키려고 하는데 뭐가 핏줄이야."

편견으로 똘똘 뭉친 아이와는 더 말을 하고 싶지 않아 입을 다물었다. 내가 아무 말 없자 도형이는 제 말이 맞는 줄 알고 혼자서 주절거렸다.

'기철이는 잘 들어갔을까?'

나는 휴대 전화를 들여다봤다.

"윤다경, 사람을 앞에 두고 무슨 생각해? 완전 매너 꽝이다."

나를 부르는 소리에 눈길을 거두고 도형이를 바라보았다.

"너, 저번에 사진전 같이 안 갔다고 삐쳤지? 어디 가고 싶은 데 없어? 사과하는 의미에서 내가 너 원하는 거 다 해 준다."

도형이가 부쩍 저자세다.

'내 마음이 움직이고 있다는 걸 감지한 걸까?'

"내 말 안 들려? 왜 대답을 안 해?"

도형이가 씩씩거렸다. 성난 사자는 피하는 게 상책이다.

"어? 미안. 좀 피곤하네……. 나 먼저 들어갈게."

"너 그 꽃제비 만나더니 변한 것 같다. 너희 엄마는 알아?"

협박 같은 말을 듣는 순간, 나는 머릿속에서 도형이의 이름을 지우고 싶었다. 도형이가 한없이 철없는 어린애처럼 보였다.

토요일이라 모처럼 따뜻한 이불 속에서 뒹굴거렸다.

"점심 약속 있는 거 잊었어? 얼른 일어나."

"엄마도 아줌마가 자랑하는 거 듣기 싫어하는 것 같아서, 엄마 전시회 오픈이라고 했는데."

"안 나가려 했는데 도형이가 할 말이 있다던데? 수다는 싫지만 모처럼 코에 바람 좀 쐬게 같이 가자."

나는 도형이를 생각하니 코웃음이 나왔다.

"엄마 혼자 가면 안 돼? 온라인 강좌도 신청해야 하고, 집에서 할 일이 많아."

나는 기철이를 만나며 많은 생각을 했다. 나한테 졸업장은 별 의미가 없었다. 가방만 들고 다니면 저절로 얻어지는 종잇장에 불과했다. 그러나 기철이에게 졸업장은 넘어야 할 큰 산이었다. 고등학생인 나와 나이는 같으면서도 기철이는 중학교 과정을 거쳐야 한다. 기철이는 공부만 할 수 있다면 부러울 게 없다고 했다. 기철이를 보면 나는 배부른 돼지로 사는 것 같아 부끄러웠다.

"엄마, 나 이제 도형이 안 만 날 거야."

"그건 또 무슨 소리야?"

"애가 철이 너무 없어. 별로 만나고 싶지 않아."

"너희 무슨 일……."

엄마가 침대에 걸터앉는데 전화벨이 울렸다. 다행이었다. 그렇지 않았으면 엄마의 잔소리에서 벗어나지 못했을 것이다.

"아줌마가 약속 시간 좀 당기잔다. 진짜 안 나갈 거야?"

엄마는 나에게 강요하지 않는다. 학원 다니기 싫다고 하면 몇 번 달래다 말고, 사진 찍는다고 공부를 소홀히 했을 때도 별말이 없었다. 엄마가 내 생각을 존중했다기보다는 신경 쓸 새가 없어서 쉽게 포기하는 건지도 모른다.

"누가 내 딸 아니랄까 봐. 엄마도 외할머니 말 지지리 안 듣고 살았는데……. 네 인생이니까 네가 알아서 하겠지만 엄마 말 안 들으면 후회할 거다."

우울증을 앓는 엄마는 감정 변화가 심했다. 사소한 내 행동에도 자기의 모습을 비추며 금세 우울해져 울기도 하고 웃기도 해서 번번이 나를 걱정시켰다.

엄마가 나가자 혼자 있는 시간이 달콤했다. 내가 좋아하는 음악을 들으며 단계가 다른 온라인 강좌를 신청했다.

"검정고시를 봐서라도 대학은 꼭 갈 거야."

기철이의 말이 귓가에 맴돌았다. 내가 기철이를 위해 뭔가 할 수 있는 게 즐거웠다.

강좌 신청을 하고 책꽂이와 책상 밑을 샅샅이 뒤졌다. 중학교 때 쓰던 학습서와 단어장에 뽀얀 먼지가 가득했다. 나는 걸레로 먼지를 닦아 낸 뒤 책을 펼쳐 보았다. 여기저기 색색 펜으로 줄을 그으며 공부한 흔적들을 살폈다.

'내가 이렇게 열심히 했다니.'

내 흔적이 고스란히 담긴 책으로 기철이가 공부할 생각을 하니 기분이 묘했다. 마치 내 신체의 비밀을 살짝 공개한 것처럼.

나는 보관함으로 사용하는 서랍을 열었다. 귀엽고 앙증맞은 오뚝이 열쇠고리가 보였다.

"다경아, 엄마는 경계선 밖의 남자를 사랑한 죄인이야. 그 천형을 너에게 물려준 것 같아 힘들었어. 그때마다 이 열쇠고리를 보면 조금 위로가 되었어. 네 아빠가 준 열쇠고리가 너를 지켜 줄 거야."

술 취한 엄마가 열쇠고리를 주며 울던 기억이 생생하다. 힘겹게 비밀을 말한 뒤 엄마는 날 끌어안았다. 난 외삼촌을 통해 이미 내 출생의 비밀을 알고 있었다. 엄마가 놀랄까 봐 모른 척했을 뿐이다.

이 열쇠고리는 한 번도 본 적 없는 아빠의 모습 같기도 했고, 엄마와 나를 이어 주는 고리 같기도 했다. 그래서인지 나는 안 좋은 일이 있을 때마다 이 열쇠고리를 보며 기분을 풀거나 힘을 얻었다.

'기철아, 이 열쇠고리가 너를 지켜 줄 거야.'

나는 가방 깊숙이 열쇠고리를 넣었다. 이것저것 챙기다 보니 짐이 꽤 묵직했다.

무슨 옷을 입을까 한참 시간을 끌었다. 화려하지 않으면서도 깔끔해 보이는 옷을 입고 방을 나서는데 현관문 여는 소리가 들렸다.

"엄마, 왜 이렇게 빨리 들어와?"

엄마의 분위기가 심상치 않았다.

"너 요즘 탈북 아이 만난다며? 어쩜 너는 그러니? 지금은 그 아이가 신기하고 안타까워서 그러는지 몰라도 좋아하는 감정과 동정은 달라. 괜히 엄마 꼴 나지 말라고!"

역시 도형이가 고자질을 한 모양이다. 평소 고상한 모습은 간 데 없고 엄마는 미친 듯 소리를 질렀다. 나는 흥분한 엄마와 달리 차분하게 말했다.

"엄마, 나는 나야. 나는 엄마처럼 살지 않을 거니까 걱정 마."

엄마에게 상처를 준 게 미안했지만 맘속의 말을 내뱉고 말았다. 엄마는 말문이 막히는지 비틀거리며 방으로 들어갔다.

만성 우울증에 시달리는 엄마처럼 잿빛이 된 하늘에서 눈이 내렸다. 평소 같으면 눈을 보고 좋아했을 텐데 지금은 꿀꿀하기만 했다. 영원히 부를 수 없는 아빠가 보고 싶을 때처럼.

기철이가 일하는 북경반점은 사고 현장에서 얼마 멀지 않았다. 양손에 든 책 꾸러미가 무거웠지만 기철이의 미소를 생각하며 걸었다. 북경반점 간판이 보였다. 가슴이 펌프질하듯 뛰었다. 발걸음이 빨라졌다. 2층으로 올라가는 계단부터 온통 붉은색으로 도배를 한 음식점. 그 안으로 들어갔다.

"어서 오십시오."

주인아저씨가 인사를 했다. 나는 민망해서 공손히 인사를 한 뒤, 두리번거리며 기철이를 찾았다.

"저……. 기철이 없나요?"

"누구? 여자 친구인가? 기철이 지금 병원에 있는데……."

"네? 어느 병원요? 많이 아파요?"

아무래도 사고 후유증이 심한가 보다. 나는 아저씨가 일러 준 병원으로 달려갔다. 손에 든 짐이 무거운 것도 잊을 만큼 마음이 급했다. 사고가 나는 순간에 느꼈던 공포가 다시 엄습했다. 중국집에서 그리 멀지 않은 병원인데도 한참 멀게 느껴졌다.

6인실 병실에 기철이의 이름이 보였다. 기철이가 깜짝 놀라면서도 반가운 얼굴로 나를 맞았다. 우리는 다른 환자들에게 피해를 줄까 봐 휴게실로 나왔다.

"어떻게 이럴 수 있어? 병원에 입원까지 했으면서? 증인한텐 연락을 했어야지."

나는 삐친 척 기철이를 보았다.

"별거 아닌데 사장님이 나중에 큰일 난다고 자꾸만 데리고 와서. 목이 좀 뻐근할 뿐인데 내 분수에 맞지 않게 입원한 거야. 한데 여긴 어떻게 알았어? 너 내 감시꾼이니?"

"감시꾼? 스토커랑 비슷한 말인가? 뭐 부정은 안 한다."

나는 일부러 너스레를 떨었다.

"너는 정말 알 수 없는 애야."

"나도 몰라. 네가 자꾸 신경이 쓰여!"

"다경아, 내가 불쌍하니?"

뜬금없는 물음에 얼굴이 빨개졌다. 그리고 무척 당혹스러웠다.

동정? 글쎄, 나도 내 마음을 잘 모른다. 엄마 말대로 기철이를 동정하는 건지, 아니면 좋아하는 건지 헷갈린다. 분명한 건 도형이와는 다른 느낌이라는 것이다.

보고 싶은 영화가 있거나 맛있는 걸 먹을 때 기철이가 생각났다. 성당에서 본 자신감 넘치는 기철이의 눈빛, 사진전을 보고 난 후에 더 자주 생각나는 기철이, 나도 모르게 기철이를 좋아하고 있는 것 같기는 했다.

"아니, 네가 불쌍한 게 아니고 나와는 다른 사람 같아. 어른스럽달까. 진심이야. 너를 보면 나도 자극 받아서 뭔가를 열심히 해야 할 것 같거든."

기철이는 내 칭찬이 어색한지 얼굴을 붉혔다.

"자, 이거 받아."

나는 어색한 분위기가 싫어서 책이 담긴 쇼핑백을 건넸다.

"이게 다 뭐야?"

"검정고시 본다며? 틈틈이 공부하라고. 그리고 이건 인터넷 수강권이야. 일단은 내가 접수했어."

"책도 고마운데, 이러지 않아도 돼."

나를 부담스러워하는 기철이가 이상하게 섭섭했다. 그 아이의 기분을 상하지 않게 하기 위해 어떤 말을 해야 할까 생각했다.

"아냐. 네가 나한테 해 준 것에 비하면 아무것도 아니야. 그러니까 받아 둬."

"내가 너한테 뭘 해 줬는데?"

기철이가 궁금한 눈으로 날 보았다.

"음, 성장의 기회? 너는 내가 근심 걱정이 없어 보인다고 했지? 사실 나는 아빠가 없어. 없다기보다는 아빠가 누군지도 몰라. 이런 나에 비하면 넌 아빠 얼굴이라도 보고 자랐잖아. 그 대신 나는 너보다 넉넉한 환경에서 자랐고. 사람마다 상처가 있구나. 그 상처를 다스리고 아름답게 만들어 가는 건 자기 몫이구나. 뭐 이런 깨달음을 너를 보면서 얻었지."

나는 아무에게도 말할 수 없었던 비밀을 기철이에게 털어놓았다. 왠지 그 아이는 길게 말하지 않아도 내 마음을 알 것 같았다. 그런데 바보처럼 왜 눈물이 나오려고 하는지. 참았지만 눈물방울이 떨어졌다.

어쩔 줄 몰라 하던 기철이가 내 어깨를 다독였다.

“미안해, 다경아. 네가 워낙 밝고 엄마도 예술꾼이라서 근심 따위는 없는 처자인 줄 알았어.”

진지한 말에서 코미디 프로에서나 나올 듯한 단어가 나왔다. 나는 풋, 웃음을 터뜨리고 말았다.

“처자? 넌 정말 촌스러워. 그런데도 들을 때마다 재밌어.”

“나는 적응력이 꽝인가 봐. 아무리 북한 말씨를 고치려 해도 잘 안 돼.”

“억지로 고치려 애쓰지 마. 네가 하는 말 순수하고 재밌어서 좋아.”

나는 기철이가 하는 북한 말이 낯설지 않았다. 통일이 되면 남과 북 사람들이 기철이와 나처럼 재밌게 소통하며 살 수 있을 것 같기도 했다.

“진료 시간 다 되어 간다. 나 들어가 봐야 해.”

“그래 알았어. 그리고 이거.”

나는 오뚝이 열쇠고리를 기철이에게 줬다.

“내가 힘들 때 얘를 보고 힘 좀 냈지. 내가 아끼는 열쇠고리야. 오뚝이를 닮은 네가 생각나서 가져왔어. 오뚝이가 뭔지는 알지? 넘어져도 다시 일어나고, 또 넘어져도 다시 일어나는 오뚝이. 내 마음이 담겨 있는 열쇠고리야.”

나는 장난스러우면서도 진지하게 말했다.

"아, 그런 게 있었어? 오뚝이."

기철이는 오뚝이 열쇠고리를 한참 보더니 명랑하게 말했다.

"오케이! 접수했어. 오뚝이."

기철이가 들어가는 것을 보고 밖으로 나오니 눈송이가 송이송이 날렸다. 우울했던 마음이 금세 사라지고 눈처럼 밝고 환한 마음이 들어차는 것 같았다.

# 아바이순대

| 연미와 멍구 |

"중국에 체류 중인 탈북자 서른네 명이 북송될 위기에 놓였습니다. 중국대사관 앞에서 정치인과 연예인들이 북송 저지 운동에 나서고 있습니다."

아나운서의 말이 이명처럼 귓가를 맴돈다. 지난밤 뉴스를 보다 엄마와 나는 동시에 억 소리를 내고 말았다.

김정은 체제로 바뀌면서 우려했던 바가 현실로 나타났다. 나는 식탁 한쪽 구석에 놓인 아빠의 사진을 쳐다보았다. 병색 짙은 아빠의 눈이 슬퍼 보였다.

"서른네 명 중에 아빠는 없겠지, 엄마?"

나와 같은 생각을 하는지 엄마는 텔레비전 앞에서 무릎을 꿇고 기도를 했다. 현실을 냉정하게 파악해야지 기도라니. 나는 엄마가 이해되지 않았다.

지금도 마찬가지다. 엄마 때문에 교회에 나오긴 했지만 별 기대는 하지 않는다. 나는 아빠 생각에 마음이 조마조마한데 교회 아이들은 용돈이니 쇼핑이니 한가한 소리나 하고 있으니 괜히 왔다 싶다.

'당신은 못하는 게 없다면서요? 정말 그렇다면, 우리 아빠 좀 구해 주세요.'

나는 십자가를 바라보며 속으로 외쳤다.

엄마는 아빠를 데려오기 위해 여태껏 모은 돈을 브로커에게 다 주었다. 그 와중에 이런 사건이 터졌다.

탈북하다 북송되면 죽음이다. 도강하다 걸린 사람들은 짐승 취급을 받으며 실신할 정도로 매를 맞거나 밤새 고문을 당해야 한다. 그런데 아빠가 북송될지도 모른다니…….

머리가 터질 것만 같다.

엄마는 뉴스를 보자마자 브로커에게 전화를 걸었다. 수없이 전화를 걸었지만 불통이었다. 엄마 얼굴이 핏기 없이 하얘져만 갔다.

"연미야, 오늘 교회에 가서 기도해라. 엄마도 일만 아니면 십자가 앞에 매달려 기도하고 싶다. 그러니 너라도 아빠를 위해 꼭 기도해야 해."

엄마가 출근하기 전 힘없이 말했다. 엄마는 내 다짐을 두세 번 받고 나서야 출근했다.

아빠를 위해 나도 기도하고 싶은데 도저히 엄마처럼 되질 않는다. 신이라는 존재도 모르겠고. 가만히 앉아서 기도하는 것보다 행동하면서 무슨 방도를 찾아야 일이 해결되지 않을까?

엄마가 애원하고 야단치기에 어쩔 수 없이 나오긴 하지만 정말 내키지 않는다.

아이들은 전도사님의 설교가 시작되었어도 연신 속닥거렸다. 짜증이 났다. 나는 너무 심하다 싶어 아이들을 흘겨보았다. 떠들던 아이들도 아무렇지 않게 날 노려보았다. 눈빛으로 한참 대거리를 하다가 예배가 끝나자마자 조용히 예배당을 빠져나왔다. 혹시라도 아이들이 시비를 걸까 봐 겁이 났다. 집으로 올라가는 발길이 천근만근 무거웠다.

열쇠로 문을 열고 들어서는데 집 분위기가 썰렁했다.

"멍구야!"

나는 멍구를 불렀다. 내 발자국 소리만 들어도 꼬리를 살래살래 흔들던 멍구가 보이지 않았다. 방에 들어서니 멍구는 눈만 껌벅이며 전혀 움직이지를 않았다.

"멍구야, 나처럼 너도 힘들어?"

멍구가 좋아하는 공중제비를 시켜 주었다. 그런데 멍구는 맥 놓은 사람처럼 생기 없이 축 처지기만 했다. 가슴이 철렁했다.

"멍구야, 어디 아파?"

멍구를 내려놓고 눈을 맞췄다. 눈에 뭉글뭉글 눈곱까지 끼어 있었다. 나는 멍구 옆구리를 간질여 보았다. 멍구는 아무 감각이 없는지 가만히 있었다.

'아차, 먹는 거라면 사족을 못 쓰는데, 아침밥을 잊었구나.'

나는 부리나케 사료를 가져와 밥그릇에 듬뿍 담았다.

"많이 먹어. 배고팠지? 미안해. 아빠 땜에 정신이 없어서 깜빡했어."

멍구는 우리 동네를 배회하던 떠돌이 개였다. 엄마 기다리는 아이처럼 슬픈 표정으로 골목길에 앉아 있던 누렁이. 눈치를 보며 절룩절룩 나를 따라오는 개가 안쓰러웠다. 그때마다 데려다 키우고 싶었지만 형편이 안 되어 모른 체했었다.

찬바람이 몹시 불던 날, 늦은 시간에도 엄마가 오지 않아 마중을 나서는데 누렁이가 집 골목길에 쭈그리고 앉아 있었다.

'추운데…….'

왈칵, 눈물이 쏟아졌다. 엄마를 만나러 중국 국경선 일대를 헤매고 다닐 때의 내 모습이 떠올랐다.

나는 누렁이를 안고 집으로 들어왔다. 엉겨 붙은 털과 더러운 몰골로 보아 버려진 게 분명했다. 정성스레 목욕을 시키고 드라이로 몸을 말려 주자 말끔해졌다.

뒤뚱뒤뚱, 한쪽 다리를 절며 걷는 모습이 짠했다. 남한살이에 적응하느라 절절매는 나와 엄마를 닮은 것 같았다.

누렁이는 시간만 나면 멍한 눈으로 뭔가를 바라보고 있을 때가 많았다. 그래서 붙여 준 이름이 멍구다. 나도 멍 때리고 있는 적이 많아 아이들의 놀림을 받을 때가 많았다.

'멍구도 가족을 생각하느라 멍하니 넋을 놓고 있을까?'

멍구가 남 같지 않았다.

“멍구야, 배고플 텐데 왜 안 먹어?”

멍구는 좋아하던 사료도 본척만척 죽은 듯이 누워만 있다.

나는 멍구의 상태를 꼼꼼히 살펴보았다. 그동안 허약한 멍구를 데리고 동물병원을 오가며 주워들은 정보를 총동원해서.

입맛이 없고 콧잔등에 물기가 하나도 없다는 게 불길했다.

‘엄마가 남은 음식을 줬나? 돈 모아야 하는데 개한테 쓴다고 타박이었는데…….’

엄마는 북한에서는 인민들도 못 먹는 음식을 개한테 먹이는 것 자체가 죄스럽다며 멍구를 달가워하지 않았다.

멍구를 걱정하고 있는데 엄마가 헐레벌떡 문을 열고 들어섰다.

“연미야! 시청에 가 보자. 거기 가면 탈북자 명단 확인할 수 있을지도 모른단다. 사장님 눈치 보며 일찍 나왔으니까 얼른 준비해.”

“엄마, 멍구가 아파. 병원 가 봐야 할 것 같은데…….”

엄마가 멍구를 보았다.

“왜 너마저 속을 썩이니? 아빠가 죽느냐 사느냐의 기로에 있는데…….”

엄마는 내 품에서 멍구를 뺐더니 담요에 앉히고 멍구 등을 만지며 건성으로 말했다. 멍구는 엄마가 어루만져도 전혀 움직이질 않았다.

‘죽으면 어쩌지?’

나는 누가 아프거나 힘든 상황이 되면 죽음부터 떠오른다. 두만강, 몽골대사관, 인천까지 오는 과정에서 생긴 공포 때문일지도 모른다.

나는 억지로라도 나쁜 생각은 지우려고 했다.

"엄마 혼자 가면 안 돼? 나는 병원에 좀 가 볼게……."

나는 기어들어 가는 목소리로 말했다.

"지금은 아빠가 더 급해. 비상약 좀 먹이고 나가자. 멍구는 금방 괜찮아질 거야."

엄마는 꿈쩍도 안 했다. 하긴 아빠가 먼저니까.

나는 멍구에게 얇은 담요를 덮어 주었다.

"멍구야. 미안. 우리 집 비상사태야. 푹 자고 있어."

나는 멍구의 귀에 대고 소곤소곤 말했다.

멍구가 눈곱 낀 눈으로 힘겹게 날 쳐다보았다. 금방이라도 눈을 감을 것처럼 위태로워 보였다. 나는 무거운 마음으로 엄마랑 덕수궁으로 향했다.

농성장에 모인 사람들은 열 명도 안 되는 것 같았다. 뉴스에 나왔던 연예인 얼굴은 보이지 않고 손 팻말을 든 몇몇 사람들이 찬바람을 맞으며 서 있었다.

"탈북자 단체 회원들이 모두 여기서 모이는 걸로 알았는데……."

엄마는 두리번거리며 주위를 살폈다. 천막 안에는 단식투쟁을 하며 인권운동을 한다는 아저씨가 인터뷰를 하는 모습이 보였다.

엄마는 천막 주변에 모여 있는 사람들 속으로 갔다. 나도 엄마 뒤를 따랐다.

"안녕하세요? 사람들 많이 나온다더니?"

엄마는 조용히 한 아줌마에게 물었다. 촌티가 흐르는 아줌마가 엄마에게 알은체를 했다.

"모두 사정이 있어서 못 나온대요. 연미네처럼 실질적인 문제가 걸린 사람도 없고, 모두 일하느라 바쁘잖아요. 나도 회장이라는 책임감에 나왔어요. 그래도 선생님이 인터뷰 끝나고 보자고 했으니까 무슨 희망이 있을 거예요."

아줌마가 변명하듯 말했다.

"예, 탈북자들도 남 일 보듯 하는데, 일반인들은 오죽하겠어요? 그나저나 탈북자 명단은 알 수 있을까요?"

엄마는 힘없이 물었다.

"일단 기다려 봅시다."

나는 탈북자 명단에 아빠 이름이 없기를 바라는 마음, 우리 아빠가 아니면 누군가의 아빠일 수도 있다는 씁쓸한 마음, 아무도 없는 방에서 홀로 아파하고 있을 멍구 생각에 단결을 원하는 농성 현장 속에서도 마음이 복잡하기만 했다.

한참 후, 인터뷰를 마친 방송국 차가 떠났다. 엄마와 아줌마는 천막 안으로 들어갔다. 가끔 방송에 나오기도 하는 인권운동가 선생님이 우리를 쳐다보았다. 단식하는 사람답지 않게 얼굴이 맑았다.

"고맙습니다. 무지한 저희 탈북자를 위해 추운 날씨에 단식까지 하면서 관심을 가져 주셔서. 저희는 남한 사람들이 탈북자를 외면한다고

만 생각했습니다. 그런데 저희보다 더 나서 주시니 정말 감사합니다. 그래서 고맙다는 인사라도 하려고 왔습니다."

회장 아줌마가 장황하게 말했다.

아저씨는 시종일관 조용한 미소를 지으며 아줌마의 말을 들었다. 회장 아줌마는 눈치 없이 자신의 탈북 과정을 침을 튀기며 말했다. 이야기 보따리를 풀어놓던 아줌마는 느닷없이 주먹을 불끈 쥐고 소리를 질렀다.

"탈북자 북송 반대! 반대!"

사람들이 쳐다보자 아줌마는 더욱 목소리를 높였다. 그러느라 탈북자 명단에 대한 이야기를 까먹은 것 같았다. 엄마는 명단을 확인하지 못할까 봐 초조해했다.

"선생님! 할 말이 있는데요."

나는 엄마 손을 붙잡고 큰 목소리로 외치며 인권운동가 선생님 옆으로 바투 섰다. 선생님이 나를 쳐다보았다. 나는 엄마한테 어서 말하라고 옆구리를 찔렀다.

"저…… 탈북자 명단 좀 확인할 수 있을까 해서요. 저희 애 아빠가…… 남한에 오는 중이었거든요. 두만강은 건넜고…… 중국에 있다는 소식까지는 들었는데, 한참…… 소식이 끊긴 상태라……."

엄마가 말을 더듬으며 물었다.

엄마의 절박한 심정은 내 마음이기도 했다. 나는 엄마 손을 맞잡으며 선생님에게 도움의 눈길을 보냈다.

"명단이 있긴 한데 정확한 건 아닙니다. 보안 때문에 가명을 쓰는 사람이 많다는 건 아시지요? 그래도 궁금하시면 실무자 연결해 드릴게요."

선생님이 조용히 대답하며 담당자를 불렀다.

엄마와 나는 실무자가 이끄는 대로 농성장에서 떨어진 사무실로 갔다. 실무자는 서류를 꺼낸 후 우리를 쳐다보았다.

"찾는 분 성함이 뭐지요?"

"김철혁이에요. 함경북도 회령이 고향이고요."

엄마 목소리가 떨렸다. 실무자는 손가락으로 탈북자 명단을 짚어 갔다. 그러곤 난처한 표정으로 엄마와 나를 바라보았다.

"김철혁 씨라고 했나요? 여기 명단에 있네요. 그런데 고향이나 나이는 없어요. 이 정보도 간신히 얻은 것이라 정확할지는……."

엄마는 바닥에 주저앉고 말았다.

"엄마, 걱정하지 마. 김철혁은 흔한 이름이잖아. 아빠가 아닐 거야."

나는 엄마를 진정시킨 뒤 다시 한 번 명단을 보았다.

김 철 혁. 맞았다. 후당당, 가슴이 떨려 발을 뗄 수가 없었다. 온 세상이 낭떠러지로 곤두박질치는 것 같았다.

실무자가 엄마를 부축해 의자에 앉혔다. 한참을 멍하게 앉아 있던 엄마가 갑자기 농성장을 향해 달려갔다. 그러고는 인권운동을 하는 선생님이 있는 천막 앞에 섰다.

"선생님! 제발 도와주세요. 명단에 우리 남편도 있어요. 제발! 제발,

북송만은 막아 주세요."

엄마가 아이처럼 떼를 썼다.

"최선을 다해 도울게요. 힘내세요."

자정이 다 되어 집 길목에 들어섰다. 밤길을 엄마와 나는 터벅터벅 걸었다. 엄마는 옥수수죽도 못 먹은 사람처럼 힘이 없어 보였다. 맥이 빠지는 건 나도 마찬가지지만 멍구가 눈에 밟혀 마냥 처져 있을 수만은 없었다. 나는 느릿느릿 걷는 엄마를 제치고 집으로 빠르게 걸었다.

걱정되는 마음으로 문을 열었다. 멍구 밥통에는 사료가 그대로였다. 멍구는 내가 들어온 것도 모른 채 널브러져 있었다. 자나 싶어 옆구리를 만져 보았다. 멍구가 간신히 고개를 들더니 힘이 빠지는지 축 늘어졌다. 온몸이 불덩이 같았다.

"멍구야, 일어나! 나야, 내 목소리 들려?"

나는 엉엉 울고 싶은 걸 참았다. 명단에서 아빠의 이름을 발견했을 때의 절망과는 또 다른 아픔이었다.

'이 밤중에 멍구를 어떻게 해야 하나?'

한숨이 절로 났다. 엄마가 들어오는 소리가 들렸다. 엄마는 멍구가 안 보이는지 비척비척 방으로 들어와 힘없이 널브러졌다.

나는 수건으로 멍구를 감싸고 조심스레 밖으로 나왔다. 희미하게 보이던 달빛마저도 사라지고 술 취한 사람들만 간간이 지나가고 있었다. 겁이 났지만 멍구를 살릴 생각에 정신없이 뛰었다.

가랑가랑. 멍구가 숨을 몰아쉬며 나를 쳐다보았다. 점점 더 몸이 뜨거워지는 것 같았다. 수건 속에 파묻힌 멍구와 잠시 눈이 마주쳤다. 멍구가 입을 오므렸다 닫았다. "살려 줘." 하고 매달리는 것 같았다.

나는 하늘을 보았다.

'하나님! 아빠가 잡혔대요. 멍구도 아파요. 제발 도와주세요. 그러면 저도 엄마처럼 당신을 믿을게요.'

진심이다. 멍구와 아빠만 살려 준다면.

사거리의 동물병원에 도착하니 등줄기에 땀이 찼다.

예상했던 대로 병원 문은 잠겨 있었다. 탕탕! 문을 두드리자, 안에 있던 개들이 놀랐는지 컹컹 짖었다. 원장님이 안 나오자 더 세게 두드렸다. 여러 마리의 개가 정신없이 짖어 대는 소리가 들렸다.

멍구가 끼잉, 신음 소리를 냈다. 멍구의 고통스런 모습을 보자 심장이 멎는 것 같았다. 아빠도 지금쯤 어디선가 멍구처럼 고통을 당하고 있을 것 같았다. 나는 있는 힘을 다해 미친 듯이 문을 두드렸다.

원장님이 부스스한 얼굴로 나와 멍구와 나를 번갈아 보았다.

"멍구가……. 죽을 것 같아서……."

원장님은 이런 일에 이력이 난 듯 무표정한 얼굴로 멍구를 진찰대에 뉘었다. 곧이어 검진을 하더니 나를 바라보았다.

"폐렴이 심하네. 유기견이라 합병증도 있을 것 같고. 우선 입원시키고 증상을 지켜보자."

원장님은 나와 멍구를 잘 안다. 그래서인지 늦은 밤인데도 짜증을 내지 않았다. 다행이다 싶었다.

멍구를 두고 혼자 돌아오려니 허전해서 견딜 수가 없었다. 아빠와 멍구 걱정에 밤길이 무서운 줄도 모르고 집에 도착했다. 나는 엄마가 깰까 싶어 살금살금 도둑고양이처럼 거실에 발을 디뎠다. 멍구가 없는 집은 허허로웠다.

한동안 들끓던 '탈북자 북송 저지 운동'도 조용해졌다. 언제 그런 일이 있었냐는 듯 사람들의 관심은 금세 시들해졌다.

아빠 소식은 오리무중이었다. 엄마는 휴가를 내고 통일부나 탈북단체를 찾아다니며 아빠 소식을 알아보느라 정신이 없었다. 멍구마저 합병증으로 나를 힘들게 했다.

"거리를 헤맬 때 이미 몸이 많이 상한 것 같아요. 장기 입원을 해야 하는데……. 그래도 오래 살 가능성은 없어요. 조금 더 생명을 연장하려면 수술해야 하는데 비용이 만만찮거든요. 믿을 만한 유기견센터가 있는데 그리로 보내면 어떨까요?"

원장님이 엄마에게 말했다.

엄마는 수심에 찬 눈길로 내 얼굴을 바라보았다. 엄마는 이미 마음의 결정을 내린 상태고 내 동의만을 바라는 눈치였다. 누군가 내 가슴을 찌르는 것처럼 아팠다.

우리 집 형편을 아는 원장님이 말을 이어 갔다.

"멍구는 사람 나이로 치면 환갑은 지났어. 자연 속에서 지내는 것이

오히려 수술하는 것보다 나을 수도 있어. 수술비도 감당하기 어려울 거야."

"수술비가 얼마나 되는데요?"

나는 멍구를 포기하기가 싫어서 액수를 물었다.

"이백만 원쯤 될 거야."

헉, 이백만 원이라니. 우리 형편에 너무 큰돈이었다. 엄마 얼굴이 돌처럼 굳어 갔다. 결국 멍구는 유기견센터로 가야 하는 운명이었다. 우리 집은 돈이 없으니까.

'멍구야. 미안해.'

세상과 나 사이에 거대한 벽이 놓인 것처럼 암담했다. 고향을 떠나 남한까지 오면서 내가 겪은 아픔보다 더한 고통을 겪을 텐데. 멍구가 버려지고, 몸도 안 좋은 아빠가 북송되어 당할 고문을 생각하니 앞이 깜깜했다.

'아빠가 죽을지도 모른다.'

생각만으로도 소름이 돋았다. 게다가 멍구마저 내 곁에 없으니 하늘이 무심하다는 생각이 들었다.

'하나님? 도대체 우리가 뭘 잘못했기에 이런 고통을 주세요?'

겨울이 가고 온 세상이 꽃 내음으로 가득할 때까지 아빠 소식은 없었다. 나는 아무것도 하기 싫고 우울하기만 한데 엄마는 달랐다. 한동안 엄마도 앓는 것 같더니 다시 예전으로 돌아왔다. 새벽별 보며 식당에 나갔다 밤이 이슥해서야 돌아와서도 엄마는 혼자 예배를 드리며 평정을 찾아갔다. 거기다 찬송가까지 불렀다. 나는 그런 엄마가 야속해 톡 쏘았다.

"엄마는 아빠가 죽을지도 모르는데 노래가 나와? 아빠를 포기한 거야? 그리고 멍구 걱정도 안 돼? 입원비가 없어서 유기견센터에 맡겨 놓고도 마음이 편하냐고?"

내가 좀 심하다는 생각이 들긴 했지만 찬송가를 부르는 엄마를 보니 짜증이 났다.

'이 상황에 노래가 나올까?'

엄마는 내 짜증에도 아랑곳 않고 다정하게 말했다.

"연미야, 엄마가 그렇게 보였니? 아니야. 엄마도 아빠가 걱정돼. 하지만 엄마는 믿는다. 아빠가 무사히 우리 곁으로 올 거라는 걸. 우리도 무사히 남한으로 왔잖아. 하나님이 또 기적을 주실 거야."

엄마는 입만 열었다 하면 하나님을 믿으라고 했다. 그래서 더 화가 났다.

"엄마가 뭐라고 해도 난 이해가 안 돼. 어버이 수령님을 외치던 입으로 하나님을 찾는 것도 이상하고."

엄마는 내 말을 듣는지 마는지 말없이 기도했다. 나는 중얼거리는 엄마를 물끄러미 바라보았다.

엄마는 북에서부터 뭔가 다르긴 했다. 고난의 행군 시절, 굶어 죽은 사람들의 시체가 동산처럼 쌓여 있을 때도 엄마는 담담했다. 마을 사람들은 맥없이 장군님만 찾았지만 엄마는 다른 길을 찾아 나섰다. 엄마는 수령님이 아닌 무언가 강한 것을 믿는 사람처럼 보였다.

밤비가 부슬부슬 내리던 깊은 밤이었다. 엄마는 내게 아빠 잘 모시고 있으면 반드시 데리러 온다는 약속과 함께 홀로 떠났다.

나중에 안 사실이지만 엄마는 북에서부터 지하교회를 다니고 있었다. 그 후로 엄마는 중국에 머물며 신장이 나빠 일도 못하고 누워 있는 아빠의 약값과 생활비를 몰래 보내 주었다. 엄마가 보낸 신문지 안에는 늘 쪽지가 들어 있었다.

전지전능하신 하나님이 우리 가족을 지키실 거다.

나는 쪽지를 얼른 태워 버렸다. 보위대에 걸렸다간 '하나님'이라는 글자만으로도 총살감이기 때문이다.

엄마가 믿는 하나님 덕분인지 운이 좋아서인지 나는 한국에 먼저 와 있는 엄마를 극적으로 만날 수 있었다.

기도를 마친 엄마가 나를 보았다. 나는 머쓱하고 불편해 괜히 볼멘소리를 했다.

"아저씨한테는 계속 연락이 없는 거야? 그 아저씨 사기꾼은 아니겠지? 돈만 떼먹는 브로커 말이야. 두만강을 건너긴 건넌 거야?"

"건넜으니까 명단에 이름이 있는 거지. 지금은 우리가 싸울 때가 아냐. 아빠가 북송되었을지라도 무사하길 빌어야지. 기적을 믿지 않고 우리가 어떻게 견딜 수 있겠니?"

엄마는 물을 한 컵 마신 뒤 휴대 전화 번호를 눌렀다. 불통 중인 브로커를 찾는 중일 것이다. 몇 번 전화를 하더니 엄마는 휴대 전화를 닫았다.

"에휴, 전화 연결이 안 되니 답답하다. 그래도 속일 사람은 아니야. 여기까지 나랑 너를 데려다 주신 분인데……. 분명 무슨 일이 있을 거야. 어떤 경우에도 우리는 믿어야 해. 아빠가 살아 돌아온다는 확신을 갖고."

나는 엄마의 굳센 믿음이 놀랍다 못해 경이롭기까지 했다.

'저 힘은 대체 어디서 나는 것일까?'

엄마는 방 안을 서성이며 정리된 물건을 다시 정리했다. 마음이 산란할 때마다 보이는 엄마의 버릇이다. 한참을 서성이던 엄마가 냉장고를 뒤지더니 야채박스를 통째로 꺼냈다.

"내일이 아빠 생일인데……. 마침 돼지고기도 있으니 있는 야채 넣어 아바이순대나 만들자."

"아빠도 없는데 웬 순대?"

나는 엄마가 건네준 야채를 다듬으며 못마땅하게 물었다.

"아빠가 순대 좋아했잖아. 그런데 생일을 감옥에서 보내게 생겼으니……."

엄마는 식탁 위의 아빠 사진을 보았다.

북에서는 생일이라고 특별 음식을 해 먹는 일은 드물다. 어쩌다 돼지고기가 배급되어 나오면 엄마는 장마당에서 돼지 창자를 사다가 밤새 물에 담근 후 새벽에 속을 준비하고, 감자 가루를 묻힌 창자에 속을 잔뜩 집어넣었다.

골골대던 아빠도 아바이순대만은 맛있다며 곧잘 드셨다.

"우리 가족이 모두 모여 아바이순대를 먹던 때가 꿈만 같다. 그런 세월이 있었나 싶기도 하고. 이번 생일에는 다같이 아바이순대를 먹을 줄 알았는데……."

엄마가 땅이 꺼져라 한숨을 쉬었다. 그러다 찬송가를 부르기 시작했다.

나는 엄마가 안쓰럽고 아빠가 무사하길 바라는 마음으로 순대 속을 꽉꽉 채웠다. 가족을 떠올리니 멍구가 따라붙었다.

'순대 냄새를 맡으면 좋다고 폴짝폴짝 뛰어다닐 텐데.'

"멍구 많이 건강해졌으니까 궁금하면 한번 보러 와. 멍구가 좋아할 거야."

멍구를 떠올리니 유기견센터 아줌마의 목소리가 들리는 것 같았다.

멍구가 지내는 곳이 어딜까 궁금해서 인터넷을 뒤져 보니 유기견센터의 아줌마는 한때 유명한 가수였다.

커다란 찜통에서 모락모락 김이 솟아올랐다. 엄마가 맛보기로 꺼낸 순대가 먹음직스러웠다. 텔레비전에서는 아나운서가 들뜬 목소리로 전국의 꽃 소식을 전하고 있었다. 아빠는 나를 복사꽃처럼 예쁜 딸이라며 귀여워해 주셨는데…….

'아빠, 지금 어디에 계신 거예요?'

냉동고가 아바이순대로 가득 찼다. 늦게까지 순대를 만든 엄마와 나는 대충 씻은 뒤 잠자리에 들었다.

일요일 아침, 엄마는 교회 갈 준비로 분주하다. 일주일 내내 식당에서 일하느라 힘들 텐데도 엄마는 늦잠을 자는 적이 없다. 피곤하기는커녕 주일만 되면 엄마의 얼굴은 빛이 난다.

"엄마, 먼저 간다. 너도 꼭 청소년집회 나가라. 아빠를 위해 기도밖에 더 할 게 없잖니?"

나는 교회에 갈 생각이 없다. 우리가 그토록 찾아다녀도 소식이 없는 걸 보면 하나님의 기적은 없는 게 분명하다.

나는 꽁꽁 언 순대를 가방에 넣고, 인터넷에서 뽑은 센터 약도를 챙겼다.

시외버스로 한 시간 반 정도 달리자 평화로운 시골 들녘이 펼쳐지고 양주골을 알리는 팻말이 나왔다.

흙냄새를 맡자 무겁게 눌려 있던 마음이 조금 펴지는 것 같았다. 들녘에는 쑥이 푸릇푸릇 고개를 내밀고 논에서는 모내기가 한창이었다.

"저, 유기견센터가 어디예요?"

비닐하우스에서 일하는 아저씨에게 물었다.

마을의 끝자락에 센터가 있었다. 센터라는 단어의 느낌과 다르게 허름한 지붕 위에 검은 천 같은 것을 씌워 놓은 게 다였다. 태풍이 불면 모두 날려 가 버릴 듯한 오두막집이다.

나는 조심스럽게 마당으로 들어섰다. 사방이 산으로 둘러싸여 공기가 상쾌했다. 나는 심호흡을 하며 주위를 둘러보았다.

울타리처럼 보이는 팥배나무에는 꽃망울이 맺었고, 집 앞 도랑에는 맑은 물이 흐르고 있었다. 멍구가 고생하면 어쩌나 싶었던 마음이 봄눈처럼 녹았다.

"계세요?"

큰 목소리로 주인을 불렀다.

뒤꼍에서 찌그러진 개 밥통을 들고 아줌마가 나왔다. 인터넷에서 본 대로다. 화려한 얼굴과 집시풍의 옷차림이 특이했다. 젊은 시절 가수였다더니 분위기가 남달랐다.

"전화했었던 멍구 주인? 이 먼 길을 혼자 왔어?"

아줌마의 목소리에 반가움이 묻어났다.

"멀지 않던데요. 이거, 엄마가 고맙다고……."

나는 엄마 핑계를 대며 아바이순대를 드렸다.

"우아! 내가 순대 좋아하는 줄 어떻게 알았어?"

"엄마와 제가 직접 만든 거예요. 드릴 게 없어서……."

"이보다 더 좋은 선물이 어디 있어? 자기 집에서 키우던 개 보겠다고 찾아온 것만도 고마운데. 내가 이십 년 넘게 개들을 보살폈지만 멍구처럼 주인이 찾아오는 경우는 드물어."

아줌마의 목소리는 소녀처럼 맑고 청아했다.

아줌마는 센터 뒤에 있는 막사로 나를 안내했다. 산등성이에 활짝 핀 진달래가 날 반기는 것 같았다. 간간이 산매화도 피어 있었다.

북에서는 초록 잎이 피기가 무섭게 인민들이 먹을거리로 캐 가 이렇게 탐스럽게 피어난 꽃들을 본 적이 드물었는데. 나는 꽃구름 위를 걷는 것 같은 기분으로 아줌마를 따랐다.

막사에서는 개들이 왕왕 짖어 댔다. 무섭게 생긴 개도 보이고, 작고 앙증맞은 개도 있고, 어딘가 아파 보이는 개도 보였다. 생각보다 개들이 많아 놀라웠다. 저 많은 개들이 버림을 받았다니. 가슴이 찡했다.

"커엉컹."

낯익은 소리. 그토록 보고 싶던 멍구의 목소리였다.

나는 소리가 들리는 우리로 갔다. 오래되고 부식된 쇠창살이었지만 안이 깨끗해서 마음이 놓였다.

멍구가 창살 사이로 고개를 내밀며 나를 반겼다. 멍구가 나를 보고 발로 바닥을 긁으며 조바심을 냈다. 왜 이제 왔냐는 원망 같아서 마음이 찌릿했다.

"멍구야, 잘 있었어? 나 잊어버리지 않았구나."

아줌마가 우리 문을 열어 주자 멍구가 내게 달려들었다. 아빠를 만난 듯, 잃어버린 동생을 찾은 듯 나는 멍구를 꼭 끌어안았다. 나는 멍구가 좋아하는 공중제비를 해 줬다.

벚나무에서 하얀 꽃잎이 하롱하롱 흩날렸다. 꽃잎을 따라 이리저리 뛰노는 멍구를 하염없이 바라보았다. 멍구와 놀다 보니 어느새 산등성이에 붉은 노을이 내려앉았다. 멍구를 두고 혼자 가려니 마음이 무거웠다.

"멍구가 많이 건강해졌어. 나이가 많아서 금방 죽을 줄 알았는데, 주인의 사랑 때문에 삶의 의지를 느끼는 것 같아. 상황이 괜찮으면 데려가도 될 것 같은데."

나를 버스 정류장까지 배웅하며 아줌마가 말했다.

"정말요? 정말 고마워요, 아줌마. 멍구 얼굴만이라도 보고 싶었는데. 뭘로 이 은혜를 갚아야 할지……."

"가끔 순대를 먹여 주면 돼. 아줌마 순대 대빵 좋아하거든."

편견 없이 나를 대하는 아줌마가 좋았다. 버스에 올라탄 나는 아줌마의 모습이 보이지 않을 때까지 손을 흔들어 주었다.

집에 도착하니 엄마가 방에서 졸고 있었다.

"어딜 갔다 오니? 교회도 안 가고."

"그냥."

멍구는 안중에도 없는 엄마에게 멍구 이야기는 하고 싶지 않았다. 씻으려고 욕실로 들어가는데 간이 떨어질 만큼 크게 울리는 전화벨 소리에 깜짝 놀랐다.

엄마가 아빠 전화를 놓칠까 봐 있는 대로 소리를 켜 놓았기 때문이다. 졸고 있던 엄마가 용수철 튀듯 일어나 전화를 받았다. 그런데 몇 번이나 받으면 끊기고, 받으면 끊겨서 엄마가 짜증을 냈다. 다시 요란

한 전화벨이 울렸다.

"도대체 누가 장난 전화……."

엄마는 신경질적으로 전화를 받았다. 갑자기 엄마 목소리가 높아졌다.

"임 사장님임까? 몽골입네까? 어떻게 된 검까. 북송 사건에 연류된 거 맞슴까? 명단에 이름이 있던데요? 내래 피가 마르는 줄 알았슴다."

엄마는 남한 사람들에게 무시당한다고 안 쓰던 북한 말을 쓰며 전화를 받았다. 한참 이야기하던 엄마가 전화기를 떨어뜨렸다.

"전화가 또 끊겼네……. 왜 이렇게 떨리지. 전화 받을 힘도 없다."

엄마가 주저앉으며 전화기만 바라보았다. 나도 바싹 긴장이 되었다.

따르르릉!

전화벨 소리에 나는 머리가 어찔했다. 엄청난 일이 일어날 것만 같았다.

"연미 아빠임까……?"

엄마가 나무처럼 우두커니 서 있었다. 목이 메어 말을 잇지 못하는 것 같았다. 나는 엄마의 전화기를 빼앗았다.

"여보세요?"

"연…… 미…… 니? 아빠…… 다."

아빠 목소리였다. 힘은 없지만 한없이 부드러운. 나도 하마터면 전화기를 떨어뜨릴 뻔했다.

"아빠? 탈북자 명단에 이름이 있던데……."

"아빠는 아니다. 감시가 하도 심해서 농촌 마을에 깊숙이 숨었습둥.

한동안 브로커 아저씨와 연락도 안 됐고. 깊은 이야기는 나중에 만나서 하자우……. 아무튼 지금은 몽골대사관 안이니끼니 걱정 말라우. 조만간 보게 될 끼다."

뚜우뚜—.

전화가 끊겼다. 대사관 안에서는 전화하기가 힘들다는 건 나도 알고 있다.

아빠가 돌아오다니. 꿈만 같다.

"엄마, 내 말이 맞잖아. 김철혁은 동명이인이었어! 그런 줄도 모르고……. 아, 다행이다. 엄마……."

엄마는 내 말을 듣자마자 방바닥에 엎드려 엉엉 울었다.

"하나님! 감사합니다."

엄마는 나를 껴안고 한참을 더 울더니 정신 나간 듯 또 한참을 웃었다.

"연미야, 갑자기 배고프다. 우리 순대 쪄 먹을까?"

엄마가 아이처럼 들뜬 목소리로 말했다. 나는 엄마의 말을 뿌리칠 수 없었다. 엄마는 아빠에 대한 그리움을 아바이순대로 채울 테니까.

따끈따끈한 순대를 먹으며 엄마와 아빠 이야기를 나누었다.

나는 아빠가 오면 제일 먼저 멍구 이야기를 들려줄 거다. 그러면 아빠는 엄마와 달리 내가 원하는 게 무엇인지 단박에 눈치 챌 거다.

아빠 사진을 보는데 그 옆에 있는 성경책에도 눈길이 갔다. 왠지 뜨끔했다.

"하나님 아버지, 감사해요."

처음으로 하나님을 아버지라고 불러 보았다. 이상한 건, 예전처럼 그 이름이 낯설지가 않다는 점이다.

내 안에도 기적이 일어나려나?

# 자그사니

| 강희와 애심 |

"엄마, 저 은빛 물고기 사 줘!"

인형처럼 예쁜 아이가 수조 안의 물고기를 가리키며 떼를 쓴다. '야레'라는 독특한 이름을 가진 물고기다. 아이가 수조에 손을 대자 물고기가 예술 헤엄치듯 춤을 추며 도망쳤다.

"이거 얼마죠?"

도무지 아이 엄마처럼 보이지 않는 여자가 손가락으로 야레를 가리키며 물었다. 강희는 두리번거리며 사장님을 찾았다. 갈겨니나 버들치 같은 흔한 물고기는 팔아도 야레, 어름치, 동자개 같은 희귀한 물고기는 사장님만이 가격을 흥정할 수 있었다.

"사장님, 손님이 찾습다."

강희는 사장님과 손님이 흥정하는 동안 의자에 앉아 쉬었다. 하루 종일 종종거렸더니 다리가 아팠다.

수족관 일은 생각보다 쉽지 않았다. 고기의 이름을 익히는 것도 어렵고 성향이나 먹이도 각기 다르고, 어항 청소도 꼼꼼히 해 주지 않으면 고기들이 금방 병이 들었다.

"물 관리만 잘 해 주면 오랫동안 키울 수 있을 겁니다."

"엄마, 정말 예쁘다. 그치? 오늘부터 이 물고기 내 동생 할래!"

사장님이 서비스로 물고기 예방약을 넣어 주자, 아이 엄마가 미소를 지었다. 아이는 어항 속에 든 야레를 보며 행복해했다.

'나도 저런 때가 있었을까?'

엄마는 동이 트기 전, 공동매장으로 일을 나가느라 강희와 놀아 준 적이 없었다. 대신에 엄마는 밤마다 강희를 늘 품에 안고 잤다. 엄마의 숨결이 그리워졌다. 강희는 강중강중 엄마의 뒤를 따르는 아이 모습을 물끄러미 바라보았다.

"뭐하노? 이거 어제 들어온 괴기인데 잘 살펴야 해."

사장님이 창고에서 큰 물고기통을 들고 나왔다.

"강희야, 이 물괴기 본 적 있니?"

사장님이 흥분한 목소리로 물었다. 사장님의 괴기라는 말은 언제 들어도 구수하다. 하지만 강희는 열대어처럼 예쁘지 않은 민물고기는 별로였다. 생긴 것도 비슷하고 이름도 헷갈려서 머리만 아플 뿐.

"저기, 저 괴기, 진짜 귀한 놈이거든. 마니아가 많아서……. 얼마 전에 훈춘까지 가서 조달해 온 건데 근사하지? 물이 바뀌어서 잘 적응할지 걱정이다. 무슨 일 없나 잘 살펴보라고."

사장님의 말에 강희는 마지못해 물고기를 보았다. 별 기대 없이 수조 안의 물고기를 보던 강희는 깜짝 놀랐다. 두만강 언저리에서 많이 보던 물고기였다. 엄마가 눈앞에 나타난 것처럼 가슴이 뛰었다. 입 부분이 뭉툭하고 양 볼에 빳빳한 뿔같이 난 수염, 황갈색 비늘에 길쭉한 몸통, 어느 것 하나 낯설지 않았다. 분명 어린 시절 동무들과 강 둔덕에서 돌 위에 놓고 구워 먹던 물고기였다.

"고기 이름이 뭡니까?"

"자그사니, 두만강 자그사니라고도 하지. 저 굵은 황금빛 선에 도도한 몸짓 대단하지? 얼마 전에야 국내 반입이 허용된 괴기야. 희귀종이라 엄청 비싼 놈이야."

사장님은 신 나는 목소리로 설명했다. 그러고는 고기통을 들고 창고로 들어갔다. 강희는 수조의 유리벽에 손을 대 보았다. 물고기들이 손가락 앞에서 여유롭게 헤엄을 치고 있었다. 기분이 묘했다.

'네 이름이 자그사니라고? 고향에서는 네 이름도 모르고 구워 먹었는데. 넌 VIP 대접 받으며 왔구나. 난 죽을 고비를 넘기며 왔는데…….'

강희는 수조의 자그사니를 향해 중얼댔다. 물고기들이 반갑다는 듯 꼬리를 살래살래 흔들었다. 자그사니가 뿜어내는 산소 방울이 보글보글 솟아올랐다. 그 모습이 엄마의 마지막 숨소리처럼 들렸다.

중국 땅에 거의 다다랐을 때였다. 어디선가 총소리가 들렸다. 브로커에게 돈을 줬기 때문에 강을 건너는 건 문제없을 거라고 생각했다.

그런데 총소리라니. 엄마와 강희는 정신없이 달렸다. 다행히 국경선 근처의 강물은 깊지 않았다.

탕탕탕. 다시 총소리가 들렸다.

"윽!"

앞서 달리던 엄마가 물속으로 푹, 엎어지며 비명을 질렀다. 강희는 엄마를 필사적으로 끌고 강가로 나왔다. 자갈밭 위에 널브러진 엄마를 안았다. 엄마가 쉑쉑 거칠게 숨을 내쉬었다.

"엄마, 조용히 좀 하시라요!"

강희는 국경수비대가 금방이라도 덮칠 것 같아 다급하게 소리쳤다. 엄마는 참을 수 없는지 계속 쿨럭거렸다. 쿨럭거릴 때마다 엄마의 입에서는 검붉은 피가 나왔다. 강희는 엄마 입을 손으로 막았다. 뜨끈한 피가 끈적거렸다. 머릿결이 쭈뼛 섰다.

총소리는 멎었지만 엄마의 숨소리는 더욱 거칠어졌다. 엄마는 금방이라도 숨이 끊어질 것처럼 헐떡였다. 총 맞은 등에서 붉은 피가 샘솟듯 했다. 강희는 윗옷을 벗어 엄마를 감싼 뒤 부둥켜안았다. 강희 옷도 온통 피투성이가 되었다.

"안 돼. 엄마, 제발 죽으면 안 됩다!"

"강희야. 아버지의 유언이, 너는 자유의 나라에서 키우라고. 넌, 반드시…… 나, 남조선으로 가. 꼬옥 가야……."

엄마가 들릴 듯 말 듯 간신히 말을 이었다. 금방이라도 수비대가 총부리를 들이댈 것 같아 온몸이 떨렸다.

"엄마, 내래 혼자 못 감다. 제발……. 정신 차리시라요! 엄마가 따뜻한 나라에 가서 공부시켜 준다고 했잖슴까? 약속 지키시라요."

강희는 엄마를 흔들며 몸부림쳤다. 엄마의 팔이 맥없이 아래로 툭, 떨어졌다. 눈앞에 검은 막이 쳐지는 것 같았다.

"엄…… 마……. 안 됨…… 다."

강희는 엄마의 가슴에 귀를 대 보았다. 아닐 거야. 엄마는 절대 죽을 리 없어. 미친 듯 엄마의 얼굴을 흔들어 보았다. 엄마는 말이 없었다. 그때 수비대에서 비치는 서치라이트가 주변을 밝혔다.

강희는 엄마를 질질 끌고 불빛을 피해 숨을 곳을 찾았다. 어딘가로 숨어야 했다. 국경수비대에게 잡히면 끝장이다. 엄마는 생각보다 무거웠다. 돌부리에 부딪혀 넘어질 때마다 발톱이 빠질 듯 아팠다. 그래도 축 늘어진 엄마를 끌고 잔가지가 무성한 나무 뒤로 숨었다. 그제야 불빛이 서서히 꼬리를 감췄다.

'엄마, 이제 어떡하라고요? 엄마는 내래 성공한 모습 보는 게 소원이라 했잖슴까?'

막막하고 두려워 눈물조차 나오지 않았다. 칠흑 같은 어둠이 사위를 집어삼켰다. 강희는 엄마의 시신을 작은 웅덩이에 반듯이 눕혔다. 엄마는 두 눈을 뜨고 있었다. 강희는 엄마 가슴에 얼굴을 묻고 울었다. 꺼이꺼이, 아무리 울음을 삼키려 해도 맘대로 되지 않았다. 엄마가 죽었다는 사실이 믿기지 않아 강희는 짐승처럼 울부짖었다.

엄마의 몸이 차갑게 굳어 갔다. 강희는 조심스럽게 나뭇가지와 돌을 주워 엄마를 덮었다. 작은 돌무덤을 보자 강희는 억이 막혔다. 죽음 같은 시간이 흘렀다. 아니 죽음의 시간이었다. 이윽고 동이 터 왔다.

어디로 가야 할까. 망설이던 강희는 양손에 힘을 주었다. 북한수비대에 잡혀 감옥에 갇히기보다는, 가다 죽더라도 국경선을 넘어야겠다고 생각했다.

"엄마, 내래 남쪽으로 갈 수 있게…… 지켜 주시라요. 엄마 몫까지 살겠습다. 엄마."

엄마의 돌무덤 앞에 절을 하고 일어섰다. 그런데 눈앞이 캄캄해지면서 어지러웠다. 강희는 일어서려다 풀썩 쓰러지고 말았다.

"무슨 생각을 그렇게 해? 시간만 나면 정신줄을 놓고 있다니까."

강희가 엄마 생각을 하고 있는데 수조 물을 맞추던 사장님이 말했다.

"아저씨, 저 물고기 진짜 북에서 온 것 맞습까?"

"내가 아까 말했잖아. 직접 훈춘에 가서 가져온 괴기라고."

"이 물고기 고향에서 많이 봤습다."

"그래? 청진이 고향이라고 했지? 자그사니는 두만강이나 압록강에서만 자라는 괴기고, 청진도 두만강 줄기니까 많았을 거다. 저 도도한 몸짓에 사람들이 홀리는 거지. 여기선 최고로 쳐 주는 괴기야."

강희는 고향 사람을 만난 것처럼 반가우면서도 한편으로는 씁쓸했다. 북에서는 너무 흔해서 이름조차 알 필요가 없던 고기가 남에서는 귀한 대접을 받다니.

'내래 이 땅에서 거지 취급 받으며 살고 있는데……. 너는 나보다 낫네.'

강희는 물고기만도 못한 자신의 처지가 한심하다는 생각이 들었다. 그러면서 수족관에 오기까지의 일들이 떠올랐다.

하나원에서 지정해 준 학교에 들어가기는 했지만 영 낯설었다. 누구든지 탈북자라는 걸 알면 그냥 지나치지 않았다.

"난 자기 나라 배신하고 온 탈북자들 보면 괜히 싫더라. 한번 배신한 자는 또다시 배신하게 마련이니까."

아이들은 자기 마음 내키는 대로 말했다.

'내래 조국을 배신한 게 아니라, 그저 배가 고팠을 뿐이라우.'

목까지 차오른 말을 억지로 삼켰다. 배가 고파 탈북했다는 말을, 배고파 보지 않은 아이들은 절대 이해 못 할 것이다.

수업 진도를 따라가는 것도 힘들었다.

북에서는 조국의 첫 통일을 고려가 했다고 배웠다. 그래서 고려 왕건의 정신을 이어받아 강건해져야 된다는 말을 귀가 따갑도록 들었는데, 여기서는 삼국통일을 먼저 했다는 내용이 나왔다. 신라가 통일의 주체였다니. 헷갈렸다. 주체사상이 머릿속에서 사라지기 전에 민주주의를 집어넣어야 하는 것도 그렇고 말과 글, 모든 게 낯설었다.

"최강희! 또 멍하니 정신을 놓고 있구먼. 너 하나를 위해 수업을 따로 할 수도 없고. 너도 답답하겠지만 나도 힘들다."

강희를 투명 인간 취급하던 선생님들의 말이다. 더는 눈뜬장님이나 귀머거리처럼 학교에 다닐 수가 없었다. 강희는 어느 날 굳게 마음을 먹고 담임에게 말했다.

"북에선 동냥질하느라 제대로 학교에 나가지 못했어도 여기처럼 동무들에게 무시당하진 않았습다. 학교 오기가 영 싫습다."

"자퇴하려고? 많이 힘들었구나. 그랬겠지. 우리도 어쩔 수 없다. 탈북 학생을 위한 학교가 따로 생기든지 해야지……."

담임은 위로하는 척했지만 표정은 홀가분해 보였다. 강희도 맞지 않는 옷을 벗어 놓은 것처럼 시원한 마음이 더 컸다. 첫 교시 수업 종이 울리자 강희는 도둑고양이처럼 조용히 운동장을 빠져나왔다.

교문을 나서자마자 강희는 검정고시 학원을 찾았다. 미루다 보면 공부와 점점 멀어질까 두려웠기 때문이다. 통장 갈피에 숨겨 놓은 비상금을 꺼내 접수했다. 공부는 할 수 있어 다행이지만 희망이자 버팀목인 통장의 잔고가 줄어든 게 영 마음에 걸렸다. 강희는 일자리를 구하기 위해 학원 주변을 돌았다.

"아르바이트 구함까?"

"지금은 자리가 없다."

주인 남자가 강희를 훑어보며 말했다. 몇 군데 더 가 보았지만 대답은 한결같았다. 돌아다니다 보니 청계천 뒷골목까지 오게 되었다. 처음 와 보는 곳이라 눈이 휘둥그레졌다. 청진의 장마당보다 좀 더 큰 가게들이 줄지어 있었다.

발바닥이 아파 잠시 앉아 쉰 곳이 수족관 앞이었다. 어항 속의 물고기들이 한가로이 놀고 있었다. 주위가 온통 수족관 가게들이었다. 알록달록 무지갯빛 물고기들이 신기했다. 걷다 보니 '내 고향 민물고기 수족관' 가게 앞에 걸린 '직원 구함'이라는 문구가 눈에 들어왔다.

"저……."

강희는 문을 열고 들어서며 안을 두리번거렸다. 어항에 뭔가를 넣어 주던 아저씨가 강희를 쳐다보았다. 떨려서 말이 잘 안 나오는데 아저씨가 먼저 친절하게 말했다.

"여긴 여학생들이 좋아하는 예쁜 열대어를 파는 곳이 아닌데."

"그게 아니라 직원……."

"아, 학생이 일하려고?"

"저 학생 아님다."

사장님이 강희를 물끄러미 바라보다 손짓으로 들어오라고 했다.

"말씨가 예사롭지 않네. 억센 말투로 봐선 함북 쪽인 것 같은데? 교복을 입고도 학생이 아니라고 하면?"

그러고 보니 교복을 입은 채였다.

"학교 그만뒀슴다. 일자리가 필요함다."

강희는 애원하듯 사장님에게 매달렸다.

"난 직원을 구한 거였는데……. 뭔가 사정이 있나 보군. 일단 들어와."

강희는 인자한 눈매가 아버지를 닮은 사장님 뒤를 따랐다. 사장님은 전화기와 장부 등 온갖 잡동사니로 가득한 책상 앞에 앉았다.

"학생이 공부는 않고 왜 일자리를 찾아다니고 있어?"

사장님이 마음씨 좋은 사람처럼 물었다. 강희는 차분하게 여기까지 흘러온 과정을 대충 말했다.

"어린 나이에 파란만장하구먼. 허, 묘한 인연이네. 내가 북한산 민물괴기를 좋아하는 줄 알고 찾아온 건가."

북한산 민물고기라는 말에 뭔가 잘될 것 같은 예감이 들었다. 국경선에서 애심 언니를 만났을 때처럼 가슴이 뛰었다. 하늘에서 엄마가 자신을 돕고 있다는 생각이 들었다.

강희는 새삼 사장님이 고마웠다. 사장님께 보답하기 위해서라도 사장님이 아끼는 자그사니를 잘 돌보자 마음먹었다.

"고향에서 온 물괴기 보니 생각이 많은가 보군……."

"맞습다, 사장님. 내래 여기서 고향 물고기를 팔게 될 줄은 정말 몰랐습다."

"맞아. 너처럼 고향이 이북인 분들이 향수 때문에 이 괴기를 찾지. 내 정신 좀 봐. 잠실 수족관에 물건 갖다 주고 점심 먹기로 했는데. 나 갔다 올 테니 가게 잘 봐라."

사장님은 허둥대며 나갔다.

"날래 다녀오시라요."

강희는 활달하게 말했다.

강희 혼자 남은 가게 안은 어항 안처럼 고요했다. 정오의 햇살이 유리벽을 뚫고 가게로 들어와 앉았다. 강희는 한가한 틈을 타 학원 교재를 펼쳤다.

땅동! 문을 여는 소리에 강희는 자리에서 일어났다.

"강희야, 오랜만이다."

애심 언니가 함박웃음을 지으며 문을 열었다. 강희는 엄마를 만난 것처럼 반가웠다.

"공부 중이었어? 역시 내 동생이야."

애심 언니가 책상에 눈길을 주었다.

"언니, 전화도 안 받고 왜 그동안 연락이 없었슴까? 많이 힘듬까? 가게는 잘됨까?"

"숨 넘어가겠다. 차라도 한잔 주면서 물어라."

강희는 아차 싶어 믹스커피를 타 애심 언니에게 내밀었다. 강희와 애심 언니는 자매처럼 서로 손을 쓰다듬으며 이야기를 나누었다.

"고맙슴다, 언니. 그때 언니를 못 만났더라면……."

"또 그 얘기야? 너랑 나랑은 하늘이 맺어 준 특별한 자매야."

언니가 호탕하게 웃었다.

'만약 언니를 만나지 못했다면 어떻게 되었을까?'

강희는 지금도 그때를 생각하면 꿈만 같다.

엄마의 돌무덤 앞에 쓰러진 강희를 누군가 흔들어 깨웠다. 게슴츠레 눈을 뜨니 동이 트는지 사방이 희끄무레했다. 땅 밑으로 꺼질 것처럼 몸을 가누기 힘들었다. 서너 명의 사람들이 강희를 둘러싸고 있었다.

그 사람들이 무서워 강희는 고개를 들지 못하고 덜덜 떨며 엄마를 불렀다.

'제발 사람 장사꾼이 아니길……. 엄마……. 도와주시라요.'

"혼자니?"

한 여자가 강희를 부축하며 물었다. 행색은 초라했지만 인민배우처럼 예쁘고 늘씬한 몸매를 가진 여자였다.

"혼자인 것 같은데 우리랑 같이 가자. 우리도 중국으로 도망 중이야. 혼자라도 살아야 하지 않겠니?"

애심 언니의 말이 엄마 말 같아서, 강희는 언니를 따랐다. 그 후로 강희는 언니 일행을 따라 태국대사관을 통해 인천행 비행기까지 타게 된 것이다. 남한에 도착하면 죽음의 사선을 같이 넘어온 사람들도 대부분 뿔뿔이 흩어지게 마련이다. 그러나 언니는 강희를 끝까지 품어 주었다.

"나도 혼자 살면 외로울 거고 너도 갈 곳이 없으니 같이 살자. 목숨 걸고 온 사이인데 어떻게 널 혼자 두니. 네 지원금은 생활비 낼 것만 좀 남기고 나머지는 통장에 다 차곡차곡 모아 둬."

애심 언니는 정부에서 임대아파트를 지급받았다. 강희는 미성년자이기 때문에 아파트를 배당받을 수 없었고, 정착지원금으로는 전세도 구하기 어려웠다. 언니는 강희와 사는 것이 불편할 텐데도 친동생처럼 모든 걸 챙겨 주었다.

"늘 바쁜 것 같던데, 요새는 좀 괜찮슴까? 눈코 뜰 새 없이 바쁠 때

아님까?"

아파트에 같이 살 때도 언니는 항상 바빴다. 강희도 자기 나름대로 학교 생활에 적응하기 바빠 언니가 무엇을 하는지 잘 몰랐고, 언니도 구체적으로 얘기를 하지 않았다.

"나도 놀 때가 있어야지. 만날 일만 하니? 우리가 목숨 걸고 여기 온 건 죽도록 일하기 위해서가 아니라 행복하게 살기 위해서잖아. 안 그래?"

맞다. 강희는 행복을 위해서 탈북을 했다. 국경선을 넘는 경험은 죽어도 다시 하고 싶지 않고, 하나원에서 적응훈련을 하는 것도 힘들었다. 강희는 애심 언니가 아니었더라면 다시 북으로 돌아가겠다고 각서를 썼을지도 몰랐다. 애심 언니 때문에 남한에서의 삶이 그나마 행복했다.

"미안해, 강희야. 이 살벌한 서울 바닥에 널 혼자 둬서."

애심 언니가 또 미안해했다.

원래 언니 아파트였는데 뭐가 미안하단 말인가? 강희는 언니가 아파트까지 전세로 넘기고 차린 가게 사정이 어떤지 궁금했다. 더군다나 정부에서 제공받은 임대아파트를 전세로 돌리는 건 불법 아닌가.

그렇게 가게 종업원에서 건강식품 사장님이 된 애심 언니가 정말 잘되기를 바라고 또 바랐다. 언니는 자꾸 미안해했지만 강희는 햇볕이 들지 않는 창신동 굴다리 셋방이 아늑하고 좋았다. 그러느라 통장의 돈이 줄어드는 아픔을 겪어야 했지만.

"아님다, 언니. 이렇게 일할 수 있고 집도 가까워서 차비도 아끼고 좋습다."

"다행이네. 근데 저…… 강희야……."

언니가 할 말이 있는 듯 얼버무리다 말았다. 그러고 보니 곱던 언니의 얼굴이 많이 상한 것 같기도 했다.

"손님이 오셨나 보네."

띵동! 문이 열리는 신호에 언니가 화들짝 놀랐다. 일 보러 나갔던 사장님이 들어오셨다. 애심 언니는 사장님을 보자 죄 지은 사람처럼 부리나케 나갔다. 강희는 꿈속에서 언니를 만났다 헤어진 것처럼 아쉬웠다. 왠지 수척해 보이던 언니의 얼굴도 마음에 걸렸다.

사장님은 서울 시내의 수족관에 직접 민물고기를 공급해 주느라 외근이 잦았다. 강희가 수조 청소를 막 끝내는데 머리가 희끗한 손님이 들어왔다.

"여기서 피래미 판다는 소문 듣고 왔는데……."

"양평이 고향이신가 봄다. 피라미를 피래미라고 하시는 걸 보면. 피라미는 워낙 찾는 사람이 많아서 공급이 끊겼습다. 연락처 남겨 주시라요. 물고기 들어오면 날래 연락드리겠습다, 손님."

강희가 사장님에게 배운 대로 능숙하게 말했다. 손님이 강희를 기특하게 여겼다.

"아니, 젊은 아가씨가 어떻게 내 고향까지 알아맞히나. 역시 소문난 수족관은 직원도 다르네. 그럼 다음에 들를 테니 꼭 준비해 줘요."

손님은 기분 좋게 밖으로 나갔다.

강희는 시간 날 때마다 민물고기에 대해 공부했다. 지방마다 물고기 이름이 달랐다. 피라미 하나도 이천 사람은 빼러지라 하고, 의정부 사람은 날삐리라고 하니 민물고기뿐 아니라 다양한 지역의 이름도 알아야 했다.

수조 청소를 다 하도록 손님이 없어 한가한 틈이 생겼다.

'엄마, 내래 시험이 코앞입다. 공부 열심히 할 테니 시험 잘 보게 도와주시라요.'

엄마에게 다짐하며 강희는 문제집이 펼쳐진 책상 쪽으로 가다가 자그사니를 보았다.

생태연구소에서 가져가고 남은 자그사니는 채 열 마리가 안 된다. 수조에 먹이를 흘려 주니, 바닥에 엎드려 있던 자그사니들이 물 위로 힘껏 고개를 내밀었다. 강희는 앙증맞게 먹이를 먹는 물고기를 한참 들여다보았다. 다른 물고기들은 활개를 치며 놀고 있는데 유독 자그사니 한 마리만 꼼짝하지 않았다. 강희는 뜰채로 물고기의 등을 살살 건드렸다. 움직이긴 하지만 눈동자가 흐릿하니 생기가 없었다.

강희는 유리를 검지로 퉁퉁 두드려 보았다.

누워 있던 자그사니가 서서히 위로 올라왔다. 연신 가쁜 숨을 내쉬고, 몸통에 하얀 비늘이 돋아 있었다.

'어디 아프구나.'

조금 더 자세히 보려고 의자를 가져다 수조 안을 들여다보았다.

수면 위로 올라온 아픈 자그사니를 다른 자그사니들이 툭툭 차거나 입으로 쪼아 댔다. 병약한 자그사니는 반항도 못 하고 다시 수조 바닥으로 숨었다.

“이 나쁜 놈들, 동무가 아픈데 괴롭히고 있다니?”

강희는 자그사니들을 혼냈다.

“너도 나처럼 물갈이를 심하게 하는구나.”

강희는 허리를 숙여 아픈 자그사니에게 말했다. 자그사니는 꿈쩍도 않고 뻐끔뻐끔 가쁜 숨을 토하는 것 같았다. 강희 품에 안겨 쉑쉑 거친 숨을 내뿜던 엄마처럼.

강희는 자그사니가 죽을까 봐 사장님에게 전화를 했다.

“사장님, 자그사니 한 마리가 죽을 것 같습다. 어찌해야 옳습까?”

“증상이 어떤데?”

“온몸에서 하얀 비늘이 떨어지고, 숨 쉬기가 힘든가 봅다.”

“아. 흔한 병이니까 놀라지 말고. 약통 서랍에 파란 병이 있을 거야. 그걸 새 수조에 한 방울 떨어뜨리고 아픈 괴기를 넣어 줘 봐. 그래도 비리비리하면 찬물에 왕소금 녹인 걸 조금 넣고. 금방 좋아질 테니 너무 걱정하지 마.”

강희는 전화를 끊자마자 약을 찾아 어항에 넣어 주었다. 자꾸 숨을 놓던 엄마 생각이 나서 손이 발발 떨렸다.

‘죽으면 안 돼. 나도 사는데 편하게 온 네가 왜 죽어?’

강희는 약이 물속에 퍼지는 것을 지켜보면서 자그사니를 달랬다. 한참을 보고 있으니 느리게나마 지느러미를 움직이는 것 같았다. 강희는 안도의 숨을 쉬고 일거리를 찾아 뒤뜰에 있는 수초들을 정리했다. 일을 다해 놓고 수조를 다시 들여다보니 자그사니가 조금은 나아진 것 같았다.

퇴근 무렵 사장님이 돌아오자 강희는 학원 갈 준비를 했다. 그때 애심 언니가 가게 안으로 들어섰다. 언니의 얼굴에 수심이 가득했다.

"언니, 무슨 일 있슴까?"

"일은 무슨. 너 시험 얼마 안 남았으니 몸보신 시켜 주려고 왔지."

"애 몸보신도 좋지만 공부할 시간 좀 줍시다."

사장님이 퉁명스런 목소리로 애심 언니에게 말했다. 강희는 자주 수족관을 드나드는 언니가 사장님은 못마땅한가 보다 하고 생각했다. 강희도 가게 자리 잡을 때까지는 한참 바빠야 할 언니가 자주 찾아오는 게 좀 걸리긴 했지만, 올 때마다 자신을 챙겨 주니 그저 미안하고 고마울 따름이었다.

"청계천 길로 걸어서 학원 가라. 간만에 맛있는 것도 먹고 좀 걷자."

애심 언니는 강희보다 서울 길과 남한 실정을 훨씬 잘 알았다. 강희는 언니가 이끄는 대로 청계천 변을 걸었다. 날이 더워지면서 해질녘 청계천 변을 걷는 사람들이 점점 늘어났다. 물가에는 붓꽃, 동자꽃 등이 환하게 피어 있었다. 모처럼 여유 있게 걸으며 애심 언니와 강희는 친근하고 행복하게 고향 이야기를 나누었다.

청계천을 지나 애심 언니는 보신탕집, 동태집, 족발집, 꼼장어집, 꼬치구이집 등 음식점이 즐비한 먹자골목으로 강희를 데려갔다. 강희는 먹자골목의 음식들이 별로 내키지 않았지만 언니가 하고 싶은 대로 하게 해 주고 싶었다.

"이곳에서는 고향 사람들을 많이 만날 수 있어서 좋아. 아바이순대도 고향 맛 그대로고, 동태내장찜도 정말 맛있어. 오늘 그거 먹어 볼까?"

동태집에서 자리를 잡고 앉자마자 애심 언니는 술을 시켰다. 언니의 성의를 생각해 강희는 내장찜을 입에 넣었지만 뭉근한 게 입에 맞지 않았다.

한 잔, 두 잔……. 취하기로 작정한 듯 언니는 술을 연신 들이켰다. 강희는 그런 언니가 왠지 불안했다.

"왜 잘 못 먹어? 맛없어? 괜히 왔나?"

언니가 강희를 살폈다.

"일없슴다. 언니, 나 학원 가야 함다……."

강희는 조심스럽게 말했다.

"학원 하루쯤 빠지면 안 돼? 언니가 죽을 것 같아서 그래."

애심 언니가 술주정하듯 말했다. 언니의 눈빛은 철조망을 넘을 때처럼 불안해 보였다. 강희는 자리가 불편했지만 언니를 혼자 두고 일어설 수가 없었다.

"강희야, 너 통장 있지?"

쿵! 가슴이 내려앉았다.

"강희야, 언니 말 오해하지 말고 들어. 네 돈 딱 한 달만 언니 빌려주라. 당장 천만 원이 안 들어가면 가게에 들어간 언니 돈 다 날리게 생겼어. 응? 돈 있는 대로 이번 한 번만 도와주라."

애심 언니가 애절하게 바라보았다. 강희는 어안이 벙벙했다.

정부에서 받은 지원금과 수족관 월급을 겨우겨우 모아 800만 원이 조금 넘었다. 이 땅에서 혼자 살아가는 강희에게 그 돈은 유일한 버팀목이었다.

북에 살 때는 저축한다는 걸 상상도 못 했던 일이라 은행과 저축이 뭔지도 몰랐는데, 애심 언니는 남한에서 살려면 당장 통장을 만들라고 했다. 그런 애심 언니가 더없이 고마워서 정말 열심히 모은 돈이었다. 그런데 그 돈을 달라니…….

강희는 머릿속이 복잡했다. 언니가 돈을 물어볼 때마다 다 말하는 게 걸려서 적금을 들어 뒀다고 했는데 잘했다 싶었다.

"언니, 통장은 적금을 들어서 지금 못 깨는데……."

적금 핑계를 대면 언니가 포기하지 않을까 싶어 강희는 어렵게 말했다.

"언니가 이자 쳐서 줄게, 해약해라."

강희는 언니가 야속했다. 자신의 생명 줄이나 다름없는 통장을 해약까지 해서 빌려 달라니. 하지만 이제껏 언니가 자기한테 한 걸 생각하면 싫은 내색을 할 수도 없었다. 강희는 고민이 되어 입술만 깨물었다.

"언니가 돈 떼먹을까 봐 그래? 나는 널 친동생처럼 생각했는데 좀 서운하네. 언니가 다른 사람한테 돈을 빌려 줬는데 그 돈을 못 받아서 그런 거야. 한 달 안에 준다니까 돈 받으면 바로 넣어 줄게. 아니, 한 달 후에 언니가 직접 챙겨서 줄게. 당장 돈이 들어가야 해서 그래."

강희는 뜨끔했다. 자신의 속내를 언니가 훤히 알고 있는 게 창피했다. 그 마음을 알면서도 정말 급한지 언니는 포기하지 않았다. 강희는 마음이 흔들렸지만 쉽게 결정할 수는 없었다.

'엄마, 나 어떡함까? 엄마라면 어떻게 하실 검까?'

"강희야!"

언니가 강희의 대답을 기다렸다.

"언니, 지금은 통장도 없고……. 내일 다시 얘기하면 안 됨까. 나 학원 늦어서."

강희는 학원을 핑계 대고 자리에서 일어났다.

애심 언니는 강희를 잡지 않았다. 배신감 때문인지 서운함인지 씁쓸한 얼굴로 술을 마셨다. 강희는 뒤돌아보지도 않고 빠르게 걸었다. 길도 모르는데 앞이 보이는 대로 무작정 걸었더니 학원이 보였다.

수업을 들으면서 잊어 보려고 했는데 집중은 안 되고, 고민만 깊어 갔다. 강희는 집에서도 밤새 뒤척이다 출근 두세 시간 전에 잠깐 새우잠이 들었다. 꿈에 설핏 엄마의 모습이 나타났다.

"엄마. 엄마……."

강희는 엄마한테 가고 싶어서 소리쳤다. 그런데 몸이 움직이지 않았다. 무덤가에 있던 엄마가 강희를 향해 손을 젓는 것도 같고 고개를 끄덕이는 것도 같았다.

꿈에서 운 줄 알았는데 진짜로 울었는지, 눈물이 뺨에 흐르고 베개가 젖는 느낌에 강희는 눈을 떴다. 식은땀이 났다. 강희는 엄마의 무덤가에 쓰러진 자신을 발견한 애심 언니가 떠올랐다. 왠지 마음이 편치 않았다.

아침도 거르고 터덜터덜 수족관으로 출근하는데 수족관 앞에서 애심 언니가 강희를 기다리고 있었다. 강희는 우뚝 걸음을 멈췄다.

"아침부터 와서 놀랐지? 강희야, 정말 미안해. 오죽하면 언니가 이러겠니. 오늘 꼭 돈이 들어가야 하거든. 늦어도 한 달 후에는 준대. 아니면 매일매일 일수 찍듯 언니가 동전이든 천 원씩이든 조금씩 갚을게. 이번 딱 한 번만이야."

강희는 어찌해야 할지 몰랐다. 언니가 정말 급한 것 같았고, 갚을 것 같은 성의도 보여 마음이 흔들렸다. 새벽녘 꿈에서 본 엄마의 얼굴이 생각났다.

'엄마! 언니는 내 생명을 구해 준 은인인데…….'

그동안 엄마처럼 대했던 언니에게 미안한 마음이 들었다.

"언니, 정말 한 달 후에 갚을 검까? 이 돈이 어떤 돈인지 언니가 더 잘 알잖슴까?"

강희는 불안한 눈빛으로 물었다.

"그럼, 내가 그걸 모르면 사람도 아니지. 한 달 후엔 꼭 줄게."

언니의 얼굴이 진실되어 보였다. 강희는 자기가 너무 의심했나 싶어 부끄러웠다.

강희는 무거운 발걸음으로 은행에 들어가 돈을 찾았다. 애심 언니가 급하다며 은행까지 따라와 언니에 대한 믿음에 또 가시가 돋치려 했다. 강희는 은행 밖에서 기다리라며 분신 같은 돈을 찾았다.

돈 봉투를 본 언니의 눈이 커졌다. 강희가 건네기도 전에 언니는 돈 봉투를 낚아채듯 가방에 담았다.

"강희야, 정말 고맙다. 언니가 얼른 일 보고 와서 연락할게."

애심 언니는 빠른 걸음으로 멀어져 갔다. 강희는 물끄러미 언니의 뒷모습을 쳐다보았다. 강희는 몸 안의 모든 것들이 쑥 빠져나간 것처럼 허탈했다.

이틀 후, 애심 언니가 점심시간에 찾아와 맛있는 것을 사 주었다.

"검정고시가 언제야?"

"한 달 조금 남았습다. 그동안 제대로 공부를 못해 걱정입다."

강희는 한숨이 나왔다.

"시험, 잘 봐. 남조선에서 살아남을 힘은 실력뿐이야. 자, 많이 먹고 힘내."

애심 언니는 엄마처럼 상추에 싼 삼겹살을 강희 입에 넣어 주었다.

"언니 때문에 속 끓였지? 미안. 일하랴 공부하랴 힘들 텐데 언니까지 신경 쓰게 해서. 다 먹고살자고 하는 짓인데 건강이 최고야. 영양제 좀 샀으니까 꼬박꼬박 챙겨 먹어."

'아, 이렇게 착한 언니를 나는 왜 의심했을까?'

강희는 부끄러운 마음에 삼겹살만 우적우적 씹었다. 입안 가득 고기를 문 강희의 얼굴을 보며 애심 언니가 화사하게 웃었다. 강희도 따라 웃으며 언니에게 고기쌈을 전했다.

애심 언니와 모처럼 외식을 한 뒷날 정신이 바짝 들었다. 시험이 코앞이다. 날이 따뜻해서 그런지 아픈 물고기도 많아졌다. 이러다 사장님한테 혼날 것 같아 강희는 언니에 대한 의심을 떨치고 수족관 일과 공부에만 몰두했다.

애심 언니가 돈을 꿔 간 지 일주일이 지나자 연락 없는 언니 소식이 궁금했다. 하지만 강희는 자기가 언니를 또 의심하는 것 같아 애써 생각을 접었다. 이 주가 지나자 강희는 안부를 핑계 삼아 연락을 할까 하다가 일이 해결되었으면 바쁠 것 같아서 말았다. 삼 주째 혹시나 하고 기다리는데 언니는 여전히 연락이 없었다.

'아직, 일주일이 남았잖아.'

강희는 조바심 나는 마음을 눌렀다. 하지만 손가락은 언니의 휴대전화 번호를 누르고 있었다.

"이 전화는 본인의 요청에 의해 정지되었습니다."

언니가 받을 줄 알았는데, 웬 기계음이 들렸다. 강희는 번호를 잘못 눌렀나 싶어 다시 걸었다. 또 같은 기계음, 한 번 더 전화를 하고 나자 강희는 머리가 어찔했다.

'언니가?'

강희는 몇 번이나 전화를 했다. 똑같은 말의 기계음이 자기를 비웃는 것 같았다.

"시험공부하라고 봐줬더니 전화기만 붙들고 있네."

펼쳐 둔 책을 보며 사장님이 말했다.

"아, 네……. 애심 언니가 궁금해서요."

"요즘 그 처녀가 안 보이네. 생선 노리는 고양이마냥 하루가 멀다 하고 드나들더니. 너 무슨 일 있는 건 아니지?"

사장님이 물었다.

'생선 노리는 고양이……?'

강희는 사장님의 말에서 또 한 번 불안감을 느꼈다.

"일없습다."

"그런데 왜 병든 닭마냥 힘이 없어? 아픈 괴기들도 생겨나 속상한데. 아픈 자그사니 물 좀 갈아 줘라. 물이 안 맞나 영 기운이 없네."

사장님은 외근 나갈 채비를 하며 강희에게 지시했다. 강희는 애심 언니가 신경 쓰여 일이 손에 잡히지 않았다. 당장이라도 언니가 나갔던 탈북자 모임을 알아내 가 보고 싶은데 사장님 눈치가 보였다. 강희는 생각을 떨치고 물을 퍼냈다.

"지금 뭐하니? 어제 애쓰고 만든 갈겨니 물을 왜 퍼내? 자그사니 수조는 저기잖아!"

사장님의 고함에 강희는 퍼뜩 정신이 들었다.

"죄송합다."

강희는 연신 고개를 주억이며 자그사니 수조로 갔다. 사장님은 거칠게 문을 닫고 나갔다. 강희도 사장님께 죄송해 일에 집중하고 자그사니 물을 갈아주려고 했다. 하지만 사장님이 멀어지는 것을 확인하자마자 휴대전화에 저장된 번호만 찾게 됐다. '애심 언니 모임 사람'이라는 번호가 눈에 들어왔다.

언니가 예전에 지인 휴대 전화로 강희에게 전화했었는데, 혹시나 하고 저장해 둔 번호였다. 강희는 그 사람에게 전화를 걸어 애심 언니가 나가는 탈북자 모임의 장소를 알아냈다. 모임 장소를 알아내니 마음이 조금 놓였다.

강희는 언니 생각을 떨치고 아픈 자그사니가 든 수조로 갔다. 강희는 수조를 보고 자신이 잘못 본 건가 싶어 눈을 더 크게 떴다. 자그사니가 하얀 배를 내놓고 물 위에 둥둥 떠 있었다.

심상치 않은 느낌이 들었지만 혹시나 싶어 뜰채로 자그사니를 건드려 보았다. 자그사니는 아무런 반응이 없었다.

'너까지 왜 그래?'

강희는 고향 친구를 잃은 것처럼 눈물이 왈칵 쏟아졌다.

자그사니가 죽는 바람에 강희는 힘도 없고 사장님을 볼 염치도 없었다. 퇴근 무렵에 돌아온 사장님은 화가 난 모습이었는데 풀이 팍 죽은 강희를 보더니 아무 말도 안 하고 퇴근하라는 말만 남겼다.

강희는 연신 꾸벅거리며 수족관을 나와 애심 언니와 함께 걸었던 청계천 길을 불안한 마음으로 걸었다. 강희는 혹시나 하는 마음에 애심 언니에게 전화를 걸었다. 역시 기계음뿐.

강희는 가슴이 답답하고 콩닥거리고 불쑥불쑥 뜨거워지는, 울화 같은 게 치밀었다.

'별일 없을 거야. 언니를 만날 수 있을 거야. 언니가 그럴 리가 없어.'

자기 주문을 걸어 보았지만 소용이 없었다. 돈을 잃었다는 허탈감과 엄마처럼 믿어 온 언니에게 배신당했다는 생각이 물밀 듯 밀려왔다.

강희는 애심 언니와 함께 갔던 먹자골목의 가게들을 샅샅이 뒤졌다. 탈북자 모임에서 총무님께 물어보라기에 강희는 총무라는 사람이 돌아올 때까지 몇 시간이고 초조하게 기다렸다.

총무라는 사람이 들어오자마자 강희는 애심 언니를 찾았다. 그는 말하지 않아도 사정을 안다며 소파에 앉으라고 했다.

"학생. 나도 애심이한테 사기를 당했어야. 그 여자 전문사기꾼이라우! 혼자서는 절대로 그 여자 못 찾지. 국경선에서 탈북하는 사람들 유인해서 등쳐 먹는 전문 브로커를 당할 재간이 있는감? 어쩐지 남조선 말을 잘한다 했지비. 아파트도 사기 치기 위해 아지트로 쓰면서 오갈 데 없는 탈북자들 눈속임한 것이지비. 그 여자한테 당한 사람들끼리 힘을 합치기로 했으니끼니 같이 경찰서에 나가자고. 오늘은 집에 가고 내가 연락할 끼니 그때 나오라우."

총무라는 사람은 피곤한 얼굴로 자리에서 일어났다. 강희는 온 세상이 흔들렸다. 몸도 가누기가 힘들었다. 그렇게 한참을 멍하니 앉아 있다가 인사도 못 하고 밖으로 나왔다.

집으로 가는 길에 혹시라도 애심 언니를 볼 수 있을까 싶어 또 청계천에 들렀다. 여름이 다가오는 청계천에는 연인들, 가족들, 친구들이 삼삼오오 무리 지어 화기애애하게 걷고 있었다. 모두가 행복해 보였다.

"내래 힘들어 죽을 것만 같은데 당신들은 행복해 보임다."

강희는 눈물을 훔치며 걷고 또 걸었다. 이대로 엄마의 무덤까지 다다르고 싶었다.

다리에 쥐가 났다. 강희는 다리를 주무르다 물속에 발을 담갔다. 바닥에 깔린 모래들이 깨끗해 보였다. 국경 지대에서 만난 애심 언니의 모습도 맑고 깨끗했었는데 모든 게 가짜였다니.

'차라리 엄마의 무덤가에 그대로 놔두지.'

발목을 스치는 차가운 물에 두만강, 엄마, 애심 언니, 돈, 자그사니들을 떠올렸다. 행복하고 싶어서 남조선에 왔는데 행복은 너무도 멀리 있었다.

"엄마……. 엄마."

강희는 하늘에서 자신을 지켜보고 있을 엄마를 생각하자 조금씩 힘이 나는 것도 같았다.

'엄마의 죽음을 본 나, 돈을 잃어버린 나, 배신당한 나, 죽은 자그사니……. 남은 건 나 하나.'

이상하게 강희는 오기가 생겼다. 모든 걸 잃은 뒤에 남은 자신이 더

안타깝고 더 챙겨 주고 싶었다.

'내래 자그사니처럼 쉽게 죽지 않을 거임. 애심 언니, 열심히 살면서 꼭 언니를 찾아낼 거임. 그래서 돈도 받아 내고 언니가 짓밟은 내래 어떻게 살고 있는지 보여 줄 거임.'

강희는 발에 묻은 물을 탈탈 털어 내고 신발을 꿰차 신었다.

# 책 도둑

| 은휘와 아저씨 |

“전부 새 책 같은데 팔 거니?”

털보 아저씨가 내 얼굴을 보며 물었다.

가슴이 쿵했다. 헌책처럼 보이기 위해 책장을 접고 일부러 밑줄도 그었다.

‘도망칠까? 아니, 침착하자.’

“용돈이 급한가 보군?”

내가 아무 말을 못 하자 털보 아저씨가 허허 웃었다.

‘눈치를 챈 걸까?’

“이미 읽은 책인데 엄마가 또 사 왔어요…….”

나도 모르게 거짓말을 하고 말았다. 엄마는 책을 사다 주기는커녕 내가 책방 순례를 하는 것조차 모른다.

아저씨가 내 얼굴을 바라보며 무슨 말인가 하려다 말았다. 나는 내 것인 척 빳빳이 얼굴을 들고 물었다.

"얼마 주실 거예요?"

책값은 책방 주인 마음이다. 얼른 돈을 받고 아저씨의 눈빛으로부터 도망치고 싶었다.

"한 권에 2,000원씩 쳐주면 되겠지?"

아저씨가 턱수염을 만지며 말했다.

한 권에 1,000원인 청계천 헌책방보다 훨씬 후한 값이다. 털보 아저씨가 낡은 돈 통에서 지폐를 꺼냈다. 돈을 건네는 아저씨의 눈빛이 따뜻했다. 훈련을 마치고 돌아와 나를 바라보던 아빠의 눈빛을 닮았다. 불현듯 아빠가 보고 싶었다.

나는 책방 골목을 돌아 시장 안으로 들어섰다. 거리는 온통 중고품으로 차고 넘쳤다. 황학동에서 장사를 하던 사람들이 옮겨 오면서 생긴 벼룩시장이라고 했다.

좌판 위의 물건들은 엄마의 후줄근한 옷처럼 초라했다. 엄마가 알코올중독에서 벗어났으면 좋겠다. 제발.

저녁 어스름에 비친 중고시장의 풍경은 내가 살던 회령의 장마당처럼 썰렁했다. 몰래 본 남한 드라마에서는 이렇게 구질구질한 풍경은 없었다. 남한 사람들은 궁궐 같은 집에서 살며 맛있는 음식만 먹는 줄 알았는데 실제는 달랐다. 그래도 중고시장을 돌면 왠지 마음이 편안해진다. 두만강을 건너 몽골로 탈출하기 전에 잠시 머물렀던 단동시장과 닮았기 때문이다.

해진 잠바를 입은 아저씨가 찌그러진 선풍기를 고치고 있다. 손질을 잘하면 새 상품이라도 되는 것처럼 열심이다. 중고품은 아무리 손질해도 찌그러진 제품일 뿐이다. 남한에 내려와 한 번도 활짝 펴 본 적이 없는 엄마의 인생처럼.

텅 빈 지갑에 돈을 넣자 왠지 든든하다. 이제 어디로 갈까. 아이들은 학원 뺑뺑이 도느라 눈코 뜰 새 없지만, 나는 시간이 남아돈다. 나도 학원을 다니고 싶다. 특히 영어는 단과학원이라도 다니고 싶지만 돈이 없으니 헛된 꿈일 뿐이다.

북에서는 출신 성분이 좋은 집 아이들 외에는 과외도 없고 학원도 없어 이런 고민을 해 본 적이 없었다. 아르바이트라도 해서 학원비를 벌고 싶지만 탈북자라고 받아 주질 않았다. 지금 내가 할 수 있는 건 오직 책방 순례뿐이다.

광화문으로 가는 버스가 온다. 여름에는 차비를 아끼기 위해 걸었지만 요즘엔 추워서 버스를 탄다. 버스에서 내려 서점 안으로 들어서니 매장 안은 봄날처럼 훈훈했다. 내가 책방을 찾는 이유 중 하나다. 오늘따라 난방이 유난히 센 것 같다. 훈훈하다 못해 더웠다. 나는 희뿌옇게 변한 안경을 소매로 닦으며 중앙통로로 들어갔다.

나는 책방에 들어설 때마다 가슴이 떨린다. 이토록 많은 책이 나를 기다리기 때문이다. 베스트셀러 코너에서 사람들이 여유롭게 책을 보고 있었다. 나도 사람들 속에 섞여 아무 책이나 집어 들었다.

나는 어려서부터 책을 좋아했다. 하지만 북에서는 마땅히 읽을거리가 없었다. 그래서인지 나는 책방에만 들어오면 책에 걸신들린 사람처럼 닥치는 대로 읽었다.

한참 서서 읽었더니 다리가 뻐근했다. 주위를 두리번거렸다. 책장 사이마다 드문드문 놓인 의자가 보이지만 빈자리가 없다. 낮에도 책방에 사람이 넘쳐 나는 걸 보면 신기했다. 남한에는 여유로운 사람들이 많은 것 같았다. 공동 작업장이나 직장에 가느라 꼼짝 못 하는 북한과는 달리.

나는 할 수 없이 화장실로 향했다. 그곳에 가면 간이의자에라도 앉을 수 있었다. 다행히 화장실에는 아무도 없었다. 나는 우리 집보다 깨끗하고, 손만 대면 따뜻한 물이 나오는 화장실이 좋았다. 큰 거울에 비치는 나를 보는 것도 좋았다.

나는 유리성 안에 사는 공주가 된 듯 잠시 눈을 감았다 떴다. 거울에 비친 얼굴이 꺼칠하다. 엄마의 넋두리를 듣느라 잠을 설쳤기 때문이다.

"가스비 아껴라, 제발……."

세수만 하는데도 엄마는 술을 마시며 잔소리를 했다. 짜증이 났지만 참았다. 엄마는 환자니까.

"십 원도 보태 줄 사람 없는데 아껴야지."

"엄마, 나도 물 아끼려 샤워도 일주일에 한 번만 하거든요. 제발, 그만하세요. 남한에 오면 잘산다며? 물도 마음대로 못 쓰는 게 잘사는 거야?"

나는 술주정하는 엄마에게 화를 내고 말았다.

엄마는 남한에 먼저 와 일을 했다. 그리고 일 년 후, 브로커를 통해 나를 데려왔다. 나는 엄마가 신경질 내는 걸 당연하다고 생각했다. 브로커 비용을 준비하느라 쪼들렸을 테니까.

나는 엄마를 만난다는 기쁨, 남한 애들처럼 예쁜 옷 입고, 어디든 맘대로 여행할 수 있을 거라는 기대감에 고통스런 여정을 참았다. 탈북 수속을 마치고 국정원*에서 엄마를 만났을 때의 기분이란, 말 그대로 불행 끝, 행복 시작이라고 생각했다.

그런데 아니었다. 엄마는 내가 오면서부터 시름시름 앓았다. 밤에도 잠을 못 자고 뒤척이다 일하러 나가곤 했다. 워낙 깡마른 데다 북에서 선생님을 하던 엄마에겐 육체노동이 버거웠던 것 같다.

"일이 힘든 건 참을 수 있는데 사람들의 편견은 못 참겠어! 탈북자는 공짜만 좋아한다고, 배신자라고 이방인 취급이나 하고. 지겨워."

엄마는 술만 취하면 신세타령이었다. 술 취해 절규하는 엄마에게 내가 해 줄 수 있는 건 없었다. 간간이 어깨를 주물러 드리고 냄새가 진동하는 파스를 붙여 드리는 것밖에.

얼마 전에 엄마는 불판을 닦던 식당에서 잘렸다. 엄마는 그날 이후 술을 더 많이 마셨다. 돈이 없어서인지 싸고 독한 중국 술을 들이켰다. 나는 엄마가 독한 술에 녹아 버릴 것만 같아 불안했다. 술병을 감추기

**국정원** | 국가정보원의 줄임말. 대통령 직속으로 국내외 보안정보의 수집 · 작성 · 배포, 국가기밀의 보안, 국가안보 관련 범죄수사 등의 업무를 맡는다. 탈북자들은 일차적으로 국정원에서 조사를 받은 뒤, 하나원으로 가게 된다.

도 하고, 화를 내고 울기도 했지만 소용없었다. 밤이고 낮이고 엄마 곁에는 술, 술, 술병이 떠나지 않았다.

"미안하다. 은휘야. 너를 좋은 세상에서 키우고 싶어 데리고 왔는데……. 엄마 맘 같지가 않다. 나도 이럴 줄 정말 몰랐다. 은휘야. 미안하다. 엄마 땜에 네 인생이……."

엄마는 목이 쉬도록 술주정을 하다 잠이 들곤 했다. 어젯밤에도 그랬다. 나는 술 취한 엄마 얼굴을 머릿속에서 지우기 위해 손을 씻고 또 씻었다. 가방에서 손수건과 장갑을 꺼내 빨기도 했다. 그런데 왠지 뒤통수가 당겼다.

아뿔싸. 청소부 아줌마가 대걸레를 들고 나를 노려보고 있었다.

"여기가 목욕탕인 줄 아니?"

아줌마가 짙은 문신을 한 눈썹을 실룩거리며 야단쳤다.

'자기 화장실인가. 청소만 잘하면 될 것을.'

아줌마 눈치를 보며 슬금슬금 화장실을 빠져나와 책 더미의 서가로 갔다. 책이 뿜어내는 독특한 향이 코를 자극한다. 지식의 냄새다. 나는 책 냄새가 좋다. 결핍을 채워 주는 냄새랄까.

나는 회령시에 한 곳뿐인 제1중학교(5년제)에 다녔었다. 남한 말로 치면 수재들만 다니는 특수학교인 셈이다.

나는 공부도 잘하고, 그림도 잘 그렸는데 지금은 한없이 추락하고 있다. 자괴감에서 벗어나려 책 속으로 들어간다. 나를 둘러싼 책을 보면 위압감이 느껴진다.

북에서는 특수학교조차도 교과서를 제대로 갖춘 학생이 별로 없었다. 대부분의 아이들이 돌아가며 책을 빌려 베꼈다. 엄마는 나를 위해 밤새 교과서를 베끼는 걸 도와주곤 했다. 도서관에 가도 책이 별로 없었다. 사상 교육을 위한 재미없고 딱딱한 책 외에는.

나는 남한에 와 하나원에 머무는 동안 대형서점에 대한 화면 설명을 보며 깜짝 놀랐다. 거짓말 같았다. 북한보다 남한이 잘산다는 것을 보여 주기 위한 위장술이라 믿을 정도로.

나는 학교가 끝나면 곧바로 서점을 찾았다. 책 속에 있는 동안은 평온하니까. 나치 시대를 견뎌 낸 『책 도둑』의 주인공 리젤처럼.

책방은 내게 쉼터이자 피난처다. 아빠가 정치범으로 몰려 수용소에 끌려간 아픔, 술 취해 무슨 일을 저지를지 모를 엄마에 대한 걱정을 잊게 해 주는. 그뿐 아니라 책방은 가난한 주머니를 채워 주는 보물창고이기도 하다. 물론 매우 위험하면서도 비밀스런 일이긴 하지만.

나는 잡념을 떨치고 다시 책 사냥에 나섰다. 새 책을 만나는 건 새 친구를 만나는 것만큼(새 친구에 대한 느낌은 잘 모르지만) 즐겁다. 잉크 냄새가 밴 새 책들은 금방 어딘가로 사라졌다.

그 많은 책들은 다 어디로 가는 것일까?

나는 몇 권의 책을 골라 바닥에 앉아 읽었다. 이상하게 새 책마다 알 수 없는 문양이 찍혀 있었다.

오늘따라 꼬르륵 소리가 요란하게 들렸다. 점심을 굶은 탓이다. 기억하고 싶지 않은 낮의 일이 떠올랐다.

"김은휘. 급식 명단 넘겼으니 그냥 식당으로 가면 된다."

담임 선생님의 말에는 악의가 없었다. 하지만 아이들은 그렇지 않았다. 호기심 가득한 눈동자들이 일제히 나를 향했다. 나도 모르게 얼굴이 후끈거렸다.

"쟤, 탈북자라 밥 공짜잖아."

부반장이 나를 흘끔 보며 소근거렸다. 목소리는 낮췄지만 은근히 내가 듣기를 바라는 것처럼.

"탈북자는 모든 게 공짜니 얼마나 좋겠어? 나라에서 임대아파트에 생활비도 준다며? 땡잡은 거지."

이번에는 부반장 옆에 있던 아이가 빈정거렸다. 주먹에 힘이 들어갔다. 똥물을 뒤집어쓴 것처럼 모멸감이 느껴졌다. 나는 못 들은 척했다. 괜히 나섰다가는 지난번처럼 왕따를 당할지도 모르니까.

얼마 전에 부반장과 함께 조별 팀이 된 적이 있다. 그런데 부반장과 아이들의 행동이 이상했다. 서로 웃고 떠들다가도 나만 가면 슬슬 자리를 피했다. 그러고는 흘끔흘끔 나를 쳐다보며 자기들끼리 속닥거렸다. 결국 조별 연구 내용을 같이 써야 하는 데서 나는 제외됐다. 말로만 듣던 왕따를 온몸으로 당한 셈이다. 그때의 막막함이란.

"쟤 북한에서 특목고 다녔대. 왜 하필 쟤가 우리 반이니. 내신 일 점이 우리한테 얼마나 중요한데."

아이들은 고개를 맞대고 떠들었다. 나는 그제야 담임 선생님이 나를 소개할 때 했던 말이 생각났다.

"힘들게 북에서 온 친구가 우리 반이 되었다. 수재 소리를 듣던 학생이란다. 여러모로 낯설 테니 여러분이 많이 도와주기 바란다."

아이들은 이상하게 냉랭했다. 시간이 지나면서 아이들이 왜 나를 피하는지 알 것 같았다.

아이들이 지레 겁을 먹은 것이다. 나는 지금 진도도 제대로 따라갈 수 없는 실력인데 걱정을 하다니. 기가 막혔다.

북한과 남한은 교과과정 자체가 다르다. 내가 아무리 북에서 수재 소리를 들었다 해도 이곳의 모든 교육과정은 처음 접하는 것이라 힘들다. 특히 영어는 더하다. 내가 다닌 특목고에서는 영어의 ABCD 정도만 배웠다. 남한의 초등학생 수준도 못 미치는 실력이다. 나는 커피라든가 레스토랑이라는 말이 뭔지 몰라 애를 먹었다. 북에서는 듣도 보도 못했던 말이다. 이런 나를 경쟁자로 여기다니 말도 안 된다.

나는 투명 인간 취급을 받았다. 아이들은 나를 존재감이 없는 것처럼 대했다. 그때마다 날 데려온 엄마는 물론, 괜히 수령님을 비판해서 수용소로 끌려간 아빠가 원망스러웠다.

내 속을 긁어 놓고 부반장은 아무렇지도 않은 듯 식당으로 들어갔다.

'남한에 오면 모든 게 잘될 거라고?'

순 거짓말이다. 나는 속울음을 삼키며 학교 뒤에 있는 소나무 숲으로 숨었다. 아이들에게 공짜 밥을 먹는 모습을 보이고 싶지 않았다.

"북에서는 가난했어도 이렇게 사람 차별은 당하지 않았다고요."

나는 하늘을 쳐다보며 외쳤다.

연신 꼬르륵 소리가 들렸다. 보던 책을 든 채로 스낵바로 갔다. 스낵바, 맥도널드 같은 곳은 나에게 그림의 떡이다. 오늘처럼 양심과 거짓말을 판 대가로 지갑을 채운 날만 빼고는.

스낵바의 도넛 코너에 '20퍼센트 세일'이라는 팻말이 눈에 띄었다. 20퍼센트면 얼마지? 셈하느라 바빴다. 동전 한 닢조차도 귀한데 20퍼센트나 할인을 한다니. 길에서 돈을 주운 기분이다.

"도넛 두 개만 주세요."

콜라도 먹고 싶었지만 참았다. 엄마 말대로 한 푼이라도 아껴야 한다.

"쥐꼬리만 한 생활보조금도 들어오는 날 모두 바닥이 나니 다시 일을 나가야 할 텐데……. 몸이 성치 않으니 어쩌냐……."

술에 취해서도 엄마는 늘 돈 걱정이었다. 그런 엄마에게 용돈을 달라고 할 수는 없었다.

늘 빈털터리인 나는 차비가 없어 창신동에서 대학로에 있는 학교까지 걸어 다닐 때가 많았다. 힘들기는 했지만 민둥산과 뙈기밭으로 가득한 북한에서는 볼 수 없는 꽃과 나무를 보며 걷는 건 좋았다.

"도넛 나왔습니다."

헌책방에서 받은 지폐 한 장과 동전을 종업원에게 건넨 나는 도넛을 아껴 먹으며 다시 책의 숲길을 걸었다.

헌책방에 팔기 좋은 책은 참고서나 청소년을 위한 책이다. 대학입시에 도움이 되는 책이면 더욱 그렇다.

'북에서 학교에 다녔다면 김일성대학은 아니어도 국립대학은 넉넉

히 갈 수 있었을 텐데. 지금 난 뭘 하고 있는 거지?'

'어서 슬슬 시작해, 시작하라고.'

내 안의 또 다른 내가 속삭였다. 거부할 수 없는 강력한 힘이 날 유혹했다. 나는 주위를 살폈다. 사람들은 자기 일에 바빠 나에게는 눈길조차 주지 않는다.

'그만하자, 잡히면 끝장이야. 아냐, 조금만 더하고 그만둬도 괜찮아.'

두 생각이 강하게 다투었다. 많은 돈은 바라지도 않는다. 그냥 용돈 정도만 얻으면 그만이다.

'이 정도 바라는 것도 죄일까?'

나는 서서히 외진 서가로 향했다. 청소년 스테디셀러로 팔리는 책들은 오래되어 누르스름하게 빛바랜 게 많다. 다행이다.

긴장되어 침 삼키는 소리도 크게 들렸다. 본능적으로 사방을 두리번거렸다. 검은 제복에 무전기를 들고 있는 남자 직원과 눈이 마주쳤다. 불 위에 놓인 오징어처럼 온몸이 오그라드는 것 같았다. 나는 일부러 책을 찾는 척했다. 남자 직원의 발자국 소리가 가깝게 들렸다. 둥둥둥. 심장이 펌프질을 해 댔다. 도망칠 수도 없다. 직원이 내 곁에 멈췄다. 예상과는 달리 조용하다. 조심스럽게 고개를 들어 옆을 살폈다. 남자 직원은 서가에서 무슨 책인가를 찾고 있었다.

휴, 안도의 숨이 나왔다.

맹세코 나는 처음부터 책을 훔칠 생각은 없었다. 발단은 영어였다.

숙제를 하다 도저히 풀 수 없는 문제를 풀기 위해서는 참고서가 필요했다. 그러나 돈이 없었다. 그때 떠오른 게 바로 대형서점이었다. 서점에는 영어 참고서가 산더미처럼 쌓여 있었다. 참고서는 선생님보다 더 친절하게 나의 궁금증을 풀어 줬다. 중요하다 싶은 내용은 공책을 꺼내 베꼈다.

"학생, 참고서 보는 건 괜찮은데 베끼는 건 안 됩니다."

여 직원이 다가와 정중하게 말했다. 할 수 없이 다른 서가에 있는 영어 참고서를 꺼내서 보았다. 참고서에 푹 빠져 있는 사이 어느덧 문 닫을 시간이 되었다. 참고서를 놓아야 하는 게 못내 아쉬웠다. 그때 내 안에서 이상한 목소리가 들려왔다.

'내가 한 권쯤 가져간다고 해서 이 큰 서점이 망하는 건 아니잖아?'

나는 참고서를 잽싸게 가방에 넣었다. 처음에는 중요한 부분만 베낀 다음 다시 갖다 놓을 생각이었다. 그러나 차일피일 미루다 보니 갖다 놓는 걸 잊어버렸다. 아니 솔직히 내가 책을 훔쳤다는 사실을 잊고 싶었다.

시간이 지나면서 참고서뿐 아니라, 다른 책도 읽는 척하며 슬쩍 가방에 넣었다. 그때마다 도로 갖다 놓자고 다짐은 했다. 하지만 누런 벽지 앞에 쌓여 가는 책을 볼 때마다 마음이 흔들렸다. 갑자기 욕심이 생겼다. 더 많은 책을 훔쳐 와서 비가 새 누리끼리해진 벽지를 가리고 싶었다.

그 후로 책방 순례를 마치고 돌아오는 가방 속엔 어김없이 몇 권의 책이 들어 있었다. 그렇지 않아도 좁은 방이 훔쳐 온 책 때문에 더욱 비좁아 보였다. 그럴 때마다 한두 권씩 헌책방에 내다 파는 재미가 쏠쏠했다. 나쁜 습관은 중독이 되어 갔다. 양심은 언제나 악마의 유혹 앞에 무릎을 꿇었다.

나는 복잡한 생각을 지우고 작업에 몰두하려 애썼다. 책을 꺼내는데 눈앞이 캄캄했다. 눈곱만큼 남은 양심이 꿈틀대는 중이다. 도리질을 치며 눈을 감았다.

그 순간, 어둠 속에서 정치수용소로 끌려가던 아빠가 떠올랐다. 아빠를 실은 군용차 뒤를 따르며 울부짖던 엄마 얼굴과 함께. 세상이 흔들리고 있다.

나는 정신을 차리려 관자놀이를 꾹꾹 눌렀다. 그러자 눈앞이 환해졌다. 나는 책을 재빨리 가방에 집어넣는다. 미리 준비한 헝겊 가방에 제법 값나가는 책을 집어넣었다. 나는 가방을 메고 출입구를 찾았다. 미리 익혀 둔 비상구를 통해 살금살금 밖으로 나왔다.

찬바람이 뼛속까지 파고든다. 나는 온몸을 웅크린 채 앞만 보고 걸었다. 서점에서 100미터쯤 떨어져 살짝 뒤를 돌아보니 따라오는 이가 아무도 없었다. 휴, 안도의 숨이 나왔다.

집으로 가는 가파르고 험한 언덕 길을 올랐다. 맨 꼭대기에 이르니 서울 시내가 훤히 내려다보였다. 험한 절벽 위에 자리한 집들도 보였다. 폐타이어와 차광막으로 덮은 지붕들이 금방이라도 쓰러질 것처럼 위태롭다. 엄마와 내가 처음부터 이런 집에 살았던 건 아니다. 정부에서 받은 임대아파트는 작지만 아늑했다. 따뜻한 물에 샤워를 할 때는 세상 모두를 얻은 것 같았다. 행복은 잠시였다. 엄마의 얼굴은 늘 어두웠다. 이상한 건, 엄마가 내 앞에서는 휴대 전화를 받지 않는다는 것이었다.

"엄마, 왜 전화를 안 받아? 일하러 오라는 연락일지도 모르잖아."

나는 휴대 전화를 받지 않는 엄마를 재촉했다.

지잉지잉. 한참을 울리자 엄마가 내 눈치를 보며 전화를 받았다.

"아…… 네. 저……. 조금만 더 시간을……."

엄마는 죄인처럼 절절맸다.

"왜 그래? 누구야?"

엄마의 손이 떨리고 눈빛도 흔들렸다. 무슨 일이 있는 게 틀림없었다.

엄마는 일을 하려고 발버둥쳤다. 북한에서 가져온 대학졸업장을 들고 여기저기 일자리를 찾아다녔다. 모두가 허사였다. 결국 엄마는 당장 필요한 생활비를 벌기 위해 고깃집에 나가 불판을 닦았다. 밤마다 녹초가 되어 들어오는 엄마 손에는 언제나 술병이 들려 있었다. 술 때문에 일자리를 잃은 엄마가 의지할 것은 오직 술밖에 없어 보였다. 엄마는 술만 취하면 녹음기처럼 같은 말을 했다.

"은휘야, 미안하다. 엄마도, 엄마도……. 이럴 줄 몰랐다. 남한에 오면 잘살 줄 알았지……. 엄마 능력으로 정식 교사는 아니어도 보조 교사라도 될 줄 알았는데……. 너한테 미안해서 죽을 것 같다. 내 딸을 바보로 만든 엄마가 정말 싫다. 너희 아빠한테 면목도 없고. 엄마가 정말…….미안타."

엄마를 원망했다가도 자신을 미워하는 걸 보면 가슴이 쓰렸다. 북에서는 아빠의 출신이 나쁜 편은 아니어서 배를 곯지는 않았다. 선생님 소리 듣던 엄마가 불판 아줌마로 전락했으니 당연히 힘들었을 것이다.

그런데 얼마 전에 엄마의 두려움을 알았다. 학교에 가려고 집을 나서는데 시커먼 옷을 입은 남자들이 집에 들이닥쳤다.

"아줌마, 아직도 똥인지 된장인지 모르나 본데. 맛 좀 봐야 정신을 차리겠구먼."

한 남자가 엄마를 밀쳐 넘어뜨리자 또 다른 남자가 엄마의 머리채를 잡아끌었다. 엄마가 입술을 바르르 떨며 남자들 앞에 무릎을 꿇었다.

"반드시 갚을게요. 이제 일하러 나갈 거예요. 조금만 기다려 주시면."

엄마는 사색이 되어 빌었다.

"여기 각서대로 당장 짐 싸. 아파트 보증서 대신 빌려 간 돈이니까 할 말 없지?"

나는 엄마를 함부로 대하는 아저씨들에게 대들었다.

"아침부터 뭐하시는 거예요. 경찰에 신고할 거예요."

엄마는 거친 손으로 내 입을 막았다.

"하, 우리한테 빌린 돈으로 데려온 딸이구먼. 또랑또랑하니 데려올 만하네. 아줌마, 딸 데려온 대가는 치러야지. 안 그럼 아줌마 딸이 무사하지 못할 거야."

나는 무슨 말인가 싶어 엄마를 쳐다보았다. 하지만 방바닥에 엎드려 울고 있는 엄마에게 아무 말도 할 수 없었다.

"이제는 이자가 원금보다 많은데 어떻게 갚겠어. 각서대로 순순히 아파트에서 나가시지. 이번 토요일까지 집 비워! 경찰에 신고하면 아줌마가 먼저 쇠고랑 차는 것쯤은 잘 알고 있겠지?"

겁을 준 검은 양복들이 사라졌다. 나를 데려오기 위해 엄마가 빚을 졌다는 것을, 그날 알았다.

나는 엄마가 남한에서 번 돈으로 브로커 비용을 낸 줄 알았다. 그런데 빚이었다니. 그동안 몸이 아파 일도 제대로 못했으니 빚이 늘어난 것은 당연한 일. 비로소 엄마가 왜 술에 의지했는지 알 것 같았다.

"너한테 말 안 하려고 했어. 어떡하든 엄마가 해결하려고 했지. 엄마 마음은 이게 아니었는데……. 미안하다, 은휘야……."

우리는 결국 이삿짐을 쌌다. 짐을 싸는 가녀린 엄마를 보자 목이 멨다. 임대아파트를 담보로 브로커 비용을 빌린 게 잘못이었다. 불법이지만 은밀히 통용되고 있다는 걸 나중에야 알았다. 조폭들과 엄마는 부당한 거래를 한 셈이다. 모두가 나 때문이다.

빚쟁이들에게 아파트를 빼앗기고 간신히 얻은 집이 바로 창신동 판잣집이다. 북에서는 너와집일지언정 꽤 넓은 곳에서 살았다. 그런데 지금은 닭장같이 좁은 집에서 살려니 답답하다.

나는 안으로 들어섰다.

쓰러질 듯 허름한 집엔 아무도 없다. 방문을 열자 퀴퀴한 냄새가 진동하고, 곰팡이를 가린 책들이 나를 바라보는 것 같았고, 엄마의 술 냄새와 숨이 끊어질 듯 밭은기침 소리가 귓가에 들리는 것 같았다.

'엄마는 어디 갔을까?'

엄마 휴대 전화가 꺼져 있었다. 엄마의 행방을 찾고 싶지만 전화를 걸 곳이 없다. 밤이 깊도록 엄마는 돌아오지 않았다. 깜박이는 가로등 아래서 엄마를 기다리며 졸았다. 자정이 넘자 엄마가 비틀비틀 언덕을 올라왔다. 엄마를 부축하자 역한 술 냄새에 머리가 핑 돌았다.

"라면 좀 끓여 줄래?"

나는 말없이 라면을 끓여 준 뒤, 책방에 내다 팔 책을 챙겼다.

"엄마가……. 일자리를 찾으러 나갔는데……. 아무도 받아 주질 않네. 우리…… 그냥 딱 죽어 버릴까."

"엄마, 죽을힘 다해 고향 버리고 떠나와 놓고 고작 이거야? 안 돼. 우린 살아야 해. 살아야 한다고! 이젠 내가 엄마 책임질게."

어떻게 여기까지 왔는데 죽다니……. 엄마는 바보다. 나도 모르게 목울대가 울렁거렸다.

"은휘야, 엄마랑 고향에 가자. 가다 죽더라도 다시 돌아가자……."

엄마는 흐느껴 울다 검불처럼 픽, 쓰러졌다. 잠든 엄마가 안돼 보였다. 목젖이 따끔거려 헛기침만 했다. 불현듯 아빠가 그리웠다.

날아가는 새들도 멈춘다는 요덕 수용소에서 아빠는 무사한 걸까?

아침에 눈을 뜨니 엄마는 여전히 공벌레처럼 쭈그린 채 누워 있다. 나는 한참 엄마 얼굴을 들여다보며 결심했다. 그러고는 교복을 곱게 접어 서랍에 넣었다.

'지금은 엄마가 우선이야. 돈을 벌어야 해.'

나는 일자리를 구하기 위해 집을 나섰다. 대책은 없다. 일을 하려면 말투부터 고쳐야 했다. 표준어를 익히려면 책을 봐야 한다. 발걸음이 빨라졌다.

이번에는 종각에 있는 서점을 가기로 했다. 버스를 기다리는데 눈이 펑펑 쏟아졌다. 눈은 순식간에 세상을 하얗게 덮었다.

나는 눈으로 뒤덮인 버스에 몸을 실었다. 차창 밖으로 눈보라가 내리쳤다. 창가에 부딪친 눈송이가 눈물처럼 흘러내렸다. 왠지 나도 울컥했다.

길거리의 사람들은 장난하듯 눈을 밟고 지나갔다. 사람들이 지난 자리가 금세 시커멓게 변했다. 마치 내가 짓밟힌 것처럼 기분이 묘했다. 점점 우울함에 빠져드는데 버스가 종각에 다다랐다. 나의 외로움처럼 온몸에 들러붙은 눈을 털어 버리고 힘차게 서점으로 들어갔다.

종로에 있는 서점도 얼마 전에 공사한 광화문 서점처럼 깔끔했다. 전체적인 분위기가 밝아서인지 생동감이 넘쳤다. 광화문 서점처럼 이곳도 사람들로 북적댔다. 코너마다 세분화되어 있어 책도 보기가 편했다. 나는 진열해 놓은 책을 꺼내어 읽었다. 무심히 책을 넘기다 보니 뒷장에 찍힌 붉은 도장의 문양이 눈에 띈다. 광화문에서 본 문양과 흡

사했다.

나는 앉아서 한글맞춤법부터 발음까지 한참을 보았다. 다행히 내 고향 함북 말은 평양 말과 달리 억양만 다를 뿐 남한 표준어와 비슷했다. 바른말 공부는 짧은 시간에 끝낼 건 아닌 듯싶다. 그래도 재밌다. 눈이 아파 시계를 보니 어느새 일곱 시가 넘었다.

책을 덮자 왠지 허전했다. 엄마가 중국으로 돈 벌러 가던 날 밤처럼. 안절부절, 오줌이 마려웠다. 생각해 보니 작업 전이면 늘 찾아오는 증상이었다. 나는 벌떡 일어나 책 속으로 몸을 숨겼다. 그러곤 값이 나갈 만한 책을 뽑아 얼른 가방에 넣었다.

'안 돼. 절대로. 이제 그만둬야 해. 일을 찾기로 했잖아.'

머릿속에서는 안 된다고 외치면서도 손은 바빴다. 인력으로는 검은 마력을 이길 수가 없다. 가방이 두툼해 보이는 것 같아 불안했다. 사방을 살폈다. 다행히 아무도 나를 신경 쓰지 않는다. 나는 CCTV를 피해 비상구 쪽으로 향했다. 채 오 분도 안 되는 거리가 다섯 시간처럼 길게 느껴진다. 밖으로 나오자 찬바람이 뺨을 스치고 지나간다.

어디로 갈까 망설이다 동묘 쪽으로 가는 버스에 몸을 맡겼다. 가방을 바닥에 내려놓는다. 왠지 사람들이 내 가방만 쳐다보는 것 같았다. 발 사이로 가방을 끌어당겼다. 밖은 종일 내린 눈으로 온 세상이 하얗다. 길에 쌓인 눈이 바람에 흩날린다. 나도 눈을 따라 사라지고 싶었다.

버스는 금방 벼룩시장에 도착했다. 중고시장으로 들어서자 눈 때문인지 벌써 문을 닫는 가게가 많다. 시장 전체가 왠지 썰렁했다. 대사관을 찾아 몽골의 사막을 걸을 때처럼 을씨년스런 분위기가 영 맘에 걸렸다.

"오늘도 책 팔러 왔니?"

헌책방으로 들어서자 털보 아저씨가 다정히 물었다. 나는 대답 대신 고개를 끄덕였다. 동묘에는 헌책방이 많지 않다. 동묘에서 털보 아저씨의 책방이 가장 큰 편이었다. 고서도 많고 최신작들도 꽤 된다.

아저씨가 눈짓으로 내 가방을 책상에 놓으라고 했다. 그때, 내 또래 여학생들이 교복을 입고 우르르 몰려 들어오며 떠들었다.

"차 한잔 마시고 있을래? 시끄러운 저 애들 먼저 챙기고 보자."

나는 아저씨가 준 따뜻한 율무차를 마셨다.

"여기는 참고서 종류가 많아서 좋아. 그치?"

"응. 새 책 한 권 값으로 세 권은 살 수 있잖아. 내가 좋아하는 만화책도 많고……."

여학생들은 왁자지껄 떠들며 책을 골랐다.

'난 이제 저 교복을 입을 일이 없겠구나.'

나는 아이들을 부러운 눈길로 바라보았다.

아이들이 책을 사고 나가자 잠시 침묵이 흘렀다. 털보 아저씨가 차를 마시는 나를 진지하게 바라보았다. 아저씨는 한참 뜸을 들인 후 내 손을 잡았다. 화들짝 놀란 내가 아저씨를 쳐다보았다.

"왜 그러세요?"

"오늘도 엄마가 사 온 책 가져온 거야?"

한 대 맞은 것처럼 머리가 띵하지만 내색 않고 가방에서 책을 꺼냈다. 당당하면서도 침착하게.

"아녜요. 이건 언니가 사 놓은 책인데 거의 안 읽어서……. 새 책처럼 깨끗한 것만 골라 왔어요. 거의 새 책이니 후하게 쳐 주세요."

거짓말이 술술 나온다. 아저씨는 책을 들고 문양이 찍힌 곳을 살폈다. 뜨끔했다. 털보 아저씨는 책상 서랍에서 돋보기를 꺼내어 유심히 살폈다. 예감이 좋지 않다. 뒤돌아 가려는데 아저씨가 내 어깨를 잡았다. 국정원에서 심문받을 때처럼 몹시 떨렸다.

"학생, 고향이 어디야? "

웬 고향? 당황스럽다. 말투 때문에 조선족이냐는 질문을 받은 적은 있었지만 고향을 묻는 건 처음이다.

"저……. 함경북도 회령이오."

나는 대답을 하면서도 왠지 낯설다는 생각이 든다. 이곳에 와서 한 번도 회령이 고향이라는 말을 한 적이 없기 때문이다.

"아, 맞구나. 어쩐지……. 말투 듣고 짐작했어. 요즘 방송에서 탈북하는 과정 보니까 대단하던데. 많이 힘들었겠구나."

털보 아저씨의 말을 듣는 순간, 절로 고개가 숙여졌다. 두만강을 건너 제3국을 통해 몽골대사관까지의 탈출 과정이 떠올라 어찌할 바를 몰랐다. 그때의 긴박감이나 두려움은 잊은 줄 알았다. 그런데 아니었다. 단지 기억하고 싶지 않았을 뿐이다.

"학생. 책 좋아하지?"

"……."

느닷없는 질문에 나는 아무 말도 못 하고 서 있었다. 아저씨는 지금 왜 이렇게 엉뚱한 질문을 하는 거지.

"지난번도 그렇고 오늘 가져온 책도 보니 제법 안목이 높은걸. 이건 그냥 집어 온 책이 아니야."

털보 아저씨의 입에서 어떤 말이 나올지 긴장이 됐다.

"학생, 내 말 잘 들어. 지난번에 가져온 책 도난 신고된 책이라는 거 알고 있거든. 여기 이 문양만 보면 어느 책방 것인지 다 알 수 있어. 흔히 비표라고 하지."

"아……."

'드디어 올 것이 왔구나. 도둑년. 책 도둑.'

나는 내가 한 짓이 무슨 짓인지 비로소 실감이 났다. 갑자기 제복을 입은 경찰이 들이닥칠 것만 같았다. 국경수비대들에게 잡혀 다시 북으로 넘어갈 뻔했던 때처럼 불안했다. 힘들게 와서 책 도둑이나 하고 있다니. 이런 내가 정말 싫다.

"똑똑하게 생긴 학생이 왜 책을 훔칠까? 나쁜 마음을 가졌다면 책이 아니라 돈 될 물건을 훔쳤겠지. 뭔가 사연이 있을 것 같은데……."

아저씨가 나를 야단치는 것 같지는 않다. 오히려 어떤 죄라도 용서해 줄 것 같은 인자한 표정이다. 그 표정에 맘을 놓자 주르륵 눈물이 흘렀다.

"아저씨, 죄송해요. 한 번만 용서해 주세요. 다시는……."

나는 빌었다. 갑자기 설움이 복받치며 엉엉 울음이 터져 나왔다. 한번 터진 울음은 그칠 줄을 몰랐다. 털보 아저씨가 살며시 등을 토닥였다.

"학생이 말하지 않아도 짐작은 돼. 남한살이가 고될 거야. 우리 아버님은 온성이 고향이란다. 그래서 탈북자를 보면 남달랐어."

지금까지 이런 말을 해 준 사람은 없었다. 나는 털보 아저씨를 물끄러미 보았다. 아저씨는 방금 전의 표정과 달리 냉정한 얼굴로 날 바라보았다.

"그러나 무엇이든 훔치는 건 죄야. 지금 멈추지 않으면 더 큰 죄를 짓게 될지도 모르지. 신고를 해야 하지만 학생은 책 읽는 걸 좋아하고, 말 못 할 사정이 있는 것 같아서 봐주는 거야. 대신 나랑 약속해야 한다. 다시는 이런 일 않겠다고."

나는 고개를 푹 숙인 채 아저씨의 말을 들었다. 지금이라도 걸린 게 다행이다 싶다. 비로소 양심의 가책에서 벗어날 수 있다는 것이.

"학생, 이름이 뭐지?"

"김은휘예요."

"은휘……. 음, 우리 책방에서 아르바이트해 볼 생각 없어? 일도 하고 책도 보면 좋잖아."

털보 아저씨의 말이 꿈만 같았다. 갑작스런 제의라 어안이 벙벙했다. 나는 슬며시 팔을 꼬집었다. 아프다.

털보 아저씨가 대답을 기다린다는 듯 웃으며 날 바라본다. 나는 고마우면서도 창피한 생각에 밖으로 뛰쳐나왔다.

파장 분위기라 어수선한 중고시장을 나는 미친 듯이 달렸다. 연신 눈가를 적시는 기쁨의 눈물을 훔치며.

## 작가의 말

어느 날 탈북 청소년들이 내게 선물처럼 왔습니다.

국경수비대의 눈을 피해 강을 건너고 제3국을 통해 인천행 비행기를 탄 탈북 아이들.

그들 중에는 사연이 없는 아이가 단 한 명도 없었습니다.

저는 탈북 친구들에게 글쓰기 지도를 하면서 소통의 다리를 이어 갔습니다.

내가 만난 탈북 아이들의 가장 큰 소원은 통일입니다.

북에 두고 온 사랑하는 가족이 있고, 어릴 적 같이 놀던 친구가 있기 때문이지요.

수많은 사연을 안고 이 땅에 온 25,000명의 탈북자, 그중에 4,000여 명의 탈북 청소년들의 현주소는 어디쯤일까요?

그들의 아픔과 희망을 그리고 싶었습니다.

분단이나 통일이라는 말조차 생소한 청소년들에게 탈북 아이들의 삶을 보여 주고 싶었습니다.

이 책을 통해 살아온 환경이 다를 뿐, 탈북 청소년들이 우리와 다르지 않다는 것을 알게 된다면 더없이 기쁠 것 같습니다.

이 땅에 와 뿌리 내리기를 시도하고 있는 수많은 탈북 청소년들에게 파이팅을 외쳐 봅니다.

여러분은 미리 온 통일의 징검다리입니다.

부디 이 책이 남과 북 모든 청소년들에게 의미로 남는 책이길 소원합니다.

이 불황의 시대에 미미한 글을 예쁜 책으로 내 준 뜨인돌출판사에 진심으로 감사 드립니다.

2013년 3월 대학로에서 박경희